인격의
가면을
벗고

인격의
가면을
벗고

ⓒ 임원택, 2020

초판 1쇄 발행 2020년 9월 29일

지은이   임원택
펴낸이   이기봉
편집   좋은땅 편집팀
펴낸곳   도서출판 좋은땅
주소   서울 마포구 성지길 25 보광빌딩 2층
전화   02)374-8616~7
팩스   02)374-8614
이메일   gworldbook@naver.com
홈페이지 www.g-world.co.kr

ISBN   979-11-6536-815-9 (03810)

이 도서의 국립중앙도서관 출판예정도서목록(CIP)은 서지정보유통지원시스템 홈페이지(http://seoji.nl.go.kr)와 국가자료공동목록시스템(http://www.nl.go.kr/kolisnet)에서 이용하실 수 있습니다. (CIP제어번호 : CIP2020039986)

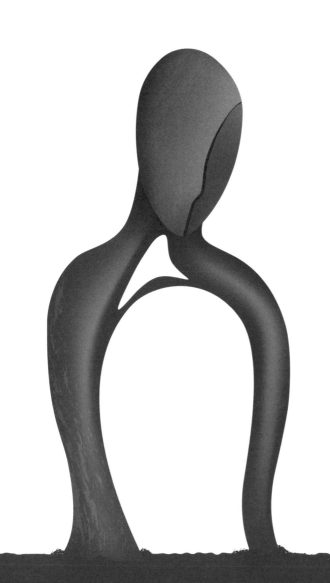

인격의
가면을
벗고

임원택 지음

좋은땅

목차

추천사

문학평론가 **소종민**

'내가 살아온 인생을 소설로 쓰면 열 권도 넘을 것이다.'

간혹 삶의 다양한 경험을 가진 분들을 만나면 이런 말을 듣곤 한다. 한 사람의 삶 속에는 각자의 몫에 해당하는 곡진한 사연들이 담겨 있다. 어쩌면 그것은 한 편의 소설보다도, 어떤 흥미진진한 드라마보다도 스펙터클하다. 그러한 의미에서 인생이란 자신만의 고유한 서사를 만들어 가는 과정이라고도 할 수 있겠다. 특히 평범한 사람들이 쉽게 경험하기 어려운 삶의 여정을 거쳐 온 사람이라면 분명 그가 만들어 온 서사도 남다를 것이다.

저자 임원택의 에세이집 『인격의 가면을 벗고』에는 그동안 어디서도 접하지 못했던 독특한 서사와 세상을 바라보는 남다른 시선이 담겨 있다. 저자는 자신이 살아온 결코 평범하지 않는 인생여정과 몸으로 직접 부딪혀 가며 체험한 삶의 거울로 세상을 비추어 본다. 책 속에 담아낸 이야기 하나하나가 저자가 직접 살아온 생생한 삶의 궤적을 바탕으로 쓰인 것이기에 이 책에 스며 있는 그의 의식은 매우 진지하며 날카롭다. 그렇다고 '왕년에~'로 시작하는 철 지난 회

고담에 머무르는 것은 아니다. 오히려 치열한 삶의 현장을 직시하는 현재 진행형의 서사라고 하는 편이 적합하겠다.

필자가 임원택 저자의 글을 처음 접한 것은 몇 해 전이었다. 지역에서 글쓰기 강의를 하고 있는 동료 문인 한 사람이 이메일을 통해 아마추어 수필가의 글이라며 에세이 한 편을 보내 주었는데 그것이 이 책의 저자인 임원택 님과의 인연의 시작이었다. 처음엔 별다른 기대를 하지 않고 파일을 열었다. 그런데 글을 절반쯤 읽었을까. 어느 틈에 나는 솔직하면서도 꾸밈이 없는 임원택 님의 글에 빠져들고 있었다. 당시 읽었던 글은 저자 자신이 겪었던 일을 덤덤한 필체로 써내려간 일종의 고백록이었다. 다소 어두운 세계에 발을 담갔던 시절, 한 소년에게 상처를 주었던 기억을 떠올리며 뒤늦게나마 미안한 마음을 전하는 그의 진심이 글을 통해 고스란히 느껴졌다. 어쩌면 감추고 싶었을 수도 있는 자신의 과거 행적을 아무런 꾸밈이나 과장 없이 이토록 진솔하게 드러낼 수 있다니……. 나는 그날 이후 그의 팬이 되었다.

누군가의 삶의 기록이 단 한 사람에게라도 감동과 교훈을 줄 수 있다면 나름 의미 있는 인생을 살았다고 할 수 있을 것이다. 그러한 의미에서 저자의 글은 남다른 가치를 담고 있다고 생각한다. 그의 글에는 삶에 대한 반성과 성찰, 그리고 현재를 살아가는 사람들을 위한 진심어린 충고와 조언이 솔직 담백하게 표현되어 있다. 이 책을 읽는 독자들은 저자의 경험을 통해 자신의 모습을 비추어 보게 될 것이며, 저자가 고민했던 삶의 고뇌에 간접적으로 동참함으로써 자신이 당면하고 있는 현재의 문제와 앞으로 마주하게 될 미래의 풍경을 미리 가늠해 볼 수 있을 것이다.

저자 임원택 님의 글이 한 권의 책으로 출간된다는 소식을 듣고 본 필자는 반갑고 뿌듯한 감정을 느꼈다. 처음 저자의 글을 읽고 받았던 감동을 많은 독자들과 함께 나눌 수 있다는 점에서 『인격의 가면을 벗고』의 출간은 매우 의미 있는 일이라고 생각한다.

자신의 이름으로 된 첫 책을 낸다는 것은 개인적으로 영광스러운 일이다. 그런데 한편으로는 책을 읽는 독자들에게 책임을 부여받는 다소 부담스러운 일이기도 하다. 그만큼 책의 저자가 된다는 것은 스스로 영광과 책임이라는 결코 가볍지 않은 자리를 감당하겠다는 약속인 것이다.

처음 아마추어 수필가로 소개 받았던 임원택 님은 이제 『인격의 가면을 벗고』 저자로서 수많은 독자들과 지면을 통해 만나게 될 것이다. 그가 자신의 삶을 당당하게 가꾸어 왔듯이 앞으로도 자신의 저서를 통해 더 가치 있는 삶을 만들어 가기를 진심으로 기원한다.

임원택 님의 글을 좋아하는 한 사람의 독자
소종민 씀

나는 학식이 많은 사람도 아니고 재력이나 권력을 가진 사람도 아니다. 또한 남들에게 귀감이 될 만큼 도덕적으로 살아온 사람도 아니다. 윤리, 도덕과는 거리가 먼 삶을 살았다는 것이 오히려 사실에 가까울 것이다.

하지만 누구나 한 시대를 살면서 세상을 향해 그리고 자기 자신을 향해 하고 싶은 말은 있는 법이라고 생각한다. 나 역시 내가 살아온 날들과 앞으로 살아갈 미래에 관하여 마음속에 차곡차곡 쌓아 둔 이야기들이 있다. 그 이야기를 하고 싶어서 글을 쓰기 시작했고 하나둘 써 놓았던 글들이 한 권의 책으로 만들어지게 된 것이다.

나는 흔히 베이비붐 세대로 일컬어지는 58년생으로 태어나 사회가 급격하게 변화하는 시대에 살았다. 때론 화려하게, 때론 어둠속을 방황하며 순탄치 못한 삶을 견뎌 왔다. 그리고 이제 진갑을 넘기고 제2의 새로운 인생을 준비하는 출발점에 서 있다.

이 책에는 살아오면서 경험했던 일과 그 경험을 통해 얻은 깨달음의 기록을 담았다. 그중에는 자랑스러운 것보다 부끄러운 내용이 더 많다. 하지만 숨기지도 과장하지도 않았다. 어떤 명성을 얻기 위해 책을 낸 것이 아니기 때문이다.

다만 이 책에 담겨 있는 나의 이야기가 단 한 사람에게만이라도 앞으로의 삶에 있어 행동이나 생활에 도움이 되고 참고할 만한 것이 된다면 그것으로 만족한다.

2020년 9월
임원택

1부

방황의 세월

1

흑백 사진 한 장에 담긴 추억

　누구에게든 지난날을 뒤돌아보면 유독 그리워지는 시절이 있다. 어린 시절 가족과 함께 행복했던 기억, 청소년 시절 친구들과 나누었던 잊지 못할 우정, 젊은 패기와 열정으로 도전하여 성취했던 경험, 그리고 순정을 바쳐 사랑했던 첫사랑에 대한 기억 등이 떠오를 것이다.

　내게는 행복했던 어린 시절을 생각나게 하는 빛바랜 사진 한 장이 있다. 어린 나를 안고 행복한 미소로 나를 향해 눈을 마주치고 계시는 스물세 살의 젊은 어머니의 모습과 그 옆에서 환하게 웃고 계신 스물네 살 아버지의 모습이다. 아마도 내가 태어난 것을 기념하여 백일 때쯤 찍은 사진인 것 같다. 지금이야 디지털카메라가 많이 보급되어 집집마다 여러 대씩 가지고 있기도 하고, 스마트폰에 내장된 카메라의 해상도가 좋아 누구든 언제 어디서나 사진을 찍을 수 있는 시대가 되었다. 하지만 내가 어릴 적만 해도 카메라는 부잣집에서나 가질 수 있는 물건이었고, 일반 서민들은 사진을 찍으려면 사진관에 가야 했기 때문에 사진을 찍는 일은 하나의 행사였다. 가족끼리 사진을 찍는 날이면 모두들 아끼는 옷을 꺼내 입고 사진관으로 향했다. 그렇게 우리 세대들에게 사진은 특별한 일이 있는

날에만 찍는 것이라 주로 아기의 돌이나 부모님의 환갑잔치, 졸업식, 결혼식 등의 장면으로 남아 있을 뿐이다. 게다가 졸업식 사진처럼 수십 명이 함께 찍은 단체사진은 그렇잖아도 흑백사진이라 선명하지 못한데 60~70명이 다닥다닥 붙어 있으니 지금 보면 내가 어디에 서 있었는지조차 찾기가 어려울 정도다.

흑백사진 속 어머니는 간편한 한복을 단정하게 차려입고 두 손으로 조심스럽게 젖먹이인 나를 안고 앉아 계셨으며, 그 옆에는 아버지가 174㎝의 당시로서는 큰 키에 군복을 입은 당당한 모습으로 서 계셨다. 부모님에게 나는 귀하고 사랑스러운 첫아이로 장래 훌륭한 사람이 되기를 바라는 마음으로 기념사진을 찍으셨을 것이다. 이제 내 나이가 환갑을 지나고 진갑을 넘겼지만 지금도 갓난아기인 나의 모습과 내 자식보다도 앳된 모습의 부모님 사진을 보노라면 마음이

뭉클해지며 어린 시절의 추억 속으로 빠져들게 된다.

　아버지는 아침이면 우리 삼형제를 모두 불러내 손수 세수를 시켜 주셨다. 각자 목에 작은 수건을 두르고 차례를 기다리다가 세숫대야 앞에 서면 아버지는 직접 이를 닦아 주시고, 손으로 얼굴을 문질러 씻어 주셨다. 나는 세수하기가 싫어 얼굴을 찡그리면서도 아버지가 빨리 끝내 주기만을 바랐다. 그때 세수의 마지막 의식을 치르는 중에 코를 풀게 하려고 코끝을 잡고 '흥 해라, 흥.' 하고 시키시곤 했는데, 나중에 누군가가 우스갯소리로 우리나라가 잘살게 된 이유가 아침마다 아이들 코 풀리려고 '흥 해라, 흥.' 해서 흥(興)하게 되었다고 하는 이야기를 들은 적도 있다. 물론 다른 의미의 같은 발음이지만 한편으론 그럴듯한 해석이 아닐 수 없다. 그때만 해도 우리나라는 산업이 발달하지 못해 후진국이라는 소리를 듣고 있었고, 아파트라는 것은 구경도 못하던 시절이었다. 우리 동네만 해도 콘크리트로 지은 양옥집은 손에 꼽을 정도에 불과했고 시멘트벽돌로 지은 집들이 대부분이었다. 집으로 들어오는 길도 좁은 골목이었으며, 자동차도 많지 않던 때라 지금처럼 집 앞에 차가 들어오는 일은 생각도 하지 못했다. 정부에서는 경제개발5개년계획을 세워 사회기반시설을 구축하고 수출 주도의 성장을 위해 총력을 기울이며 온 국민에게 힘을 모을 것을 강조하고 있었다. 그러니 집집마다 아침에 '흥 해라, 흥'이라고 하던 말에 힘을 받아 우리나라가 빠르게 경제발전을 이룩하게 된 것이 아닐까 혼자서 생각하며 미소를 지어 본다.

살림이 넉넉지 않던 때였지만 어머니는 없으면 없는 대로 부족한 찬으로 정성껏 아침식사 준비를 하셨으며 다섯 식구가 밥상 앞에 빙 둘러앉아 밥을 먹던 기억이 새롭다. 우리 형제들은 아무런 생각 없이 밥그릇을 비워 냈지만 어머니께서는 매 끼니 걱정을 하셨을 것이다.

그 시절만 해도 남아 선호 사상이 팽배했던 때라 아들만 삼형제를 두신 부모님은 우리 형제들을 매우 든든하고 자랑스럽게 여기셨다. 손님이 오시는 날이면 아버지는 우리들을 불러 나란히 세우고 인사를 시키시며 은근한 자부심을 드러내시기도 하셨다.

아버지께서는 한국일보를 거쳐 중앙일보에 근무하셨는데, 당시로서는 고학력에 특별한 재능도 가진 분이셨다. 그러나 회사생활에 꾸준히 적응하지 못하고 다른 일을 벌이시면서 우리 가정은 안정을 유지하지 못했다. 더 나아지려는 의욕은 넘쳐났지만 벌여놨던 일들이 뜻대로 되지 않았던 것 같다. 그런 상황에서 우리 가족은 경제적으로 어려움을 겪었고 생계는 오롯이 어머니의 몫이 되었다.

어머니는 충남 아산시 둔포면 봉재리 부면장 댁 막내딸로 태어나 머슴들을 여럿 거느리는 집안에서 10세 때까지 '아씨' 소리를 들으며 고생이라고는 모르고 성장하셨다고 한다. 그러던 어머니께서는 아버지의 사업 부진으로 가족의 생계를 책임지시게 되었다. 장사라고는 해 본 적이 없는 어머니는 그나마 음식 솜씨가 좋다는 칭찬을 들곤 하셨는데, 그 솜씨를 밑천으로 서울 청계천 부근에 재남 식당이라는 음식점을 차려 운영하면서 갖은 고생을 많이 하셨다. 그때는 종로, 청계천 일대가 서울의 중심지였기 때문에 유동인구도 많았고 소규모 회사들이 그곳에 밀집되어 있었다. 다행히 어머니의 부지런함과 야무진 손맛으로 꾸준히 찾아와 주는 단골손님들이 생겼다고 한다.

그렇게 인생의 숱한 격랑 속에서 두 분의 검소함과 성실함으로 우리 집 살림살이는 조금씩 나아져 갔으며 그 덕에 막냇동생은 대학을 졸업할 수 있었고 뒤늦게나마 두 분이 노후에 경제적인 부분은 걱정하지 않아도 될 만큼 안정이 되었다. 하지만 무정한 세월 앞에서 저 젊고 패기 넘치던 아버지는 89세, 눈부시게 어여쁘던 어머니는 88세 노인이 되셨다. 백발과 깊게 파인 주름, 구부정한 어깨, 불편한 거동, 몸조차 왜소해진 두 노인을 생각하면 왠지 서글픈 마음이 든다. 두 분에게도 젊고 빛나던 시절이 있었건만 우리 형제들을 키우시느라 그 빛을 한 번도 발산하지 못하고 이렇게 늙으신 걸 생각하니 오랜 세월 부모님 속을 썩였던 자식으로서 가슴이 아플 뿐이다. 그래도 나는 행복한 사람이다. 언제든 목소리를 들을 수 있고 안아 주며 손을 잡을 수 있는 부모님이 계시니까. 조용히 눈을 감고 빌어 본다.

"아버지, 어머니! 건강하게 제 곁에 오래오래 머물러 주시길 바랍니다."

안타깝게 이 글을 출판하기 위해 정리하던 중 2020년 2월 27일, 아버지께서 급성폐렴으로 병원에 입원한 지 13일 만에 별세하셨다.

2

몸뚱이는 도화지가 아니다

TV를 시청하다 전국에서 모인 문신 시술인들이 문신 시술을 합법화해 달라고 데모를 하는 모습을 보았다. 일명 '타투 아티스트'들로, 지금은 문신이 자기표현의 수단으로 이용되며 예술 창작의 한 분야인 만큼 전국적으로 10만 명 정도 되는 타투 아티스트에게 합법적인 활동을 허용해 달라고 요구하는 것이다. 그들은 미국 등 선진국에서는 이미 자유롭게 문신을 할 수 있다는 사례를 들어 합법화를 요구하고 있지만, 우리나라에서는 문신에 대한 거부감과 염증 발생 등 각종 질환에 걸릴 수 있다면서 비의료인에 의한 문신 시술을 불허하고 있다.

BC 2000년의 것으로 추정되는 이집트의 미라에서도 문신이 발견된 적이 있다고 하며 고대 그리스인, 갈리아인, 고대 게르만인, 고대

영국인들도 문신을 했다는 기록이 남아 있다. 그런가 하면 로마인들은 죄수와 노예들에게 문신을 새겼다고 한다. 우리나라에서도 고대시대부터 문신을 한 기록이 있는데, 주로 노비의 신분을 표시하거나 죄를 지은 사람에게 문신을 했던 것으로 보인다. 오래전 인기리에 방영되었던 드라마 '추노'에서도 그런 장면이 나오는데 양반들은 자신의 종이 도망가는 것을 방지하기 위해 노비의 몸에 문신을 새기기도 했다. 특히 노비가 도망치다 잡히면 남자 종에게는 왼쪽 뺨에 노 자를, 여자 종에게는 오른쪽 뺨에 비 자를 새겨 다시는 도망치지 못하도록 했다고 한다. 더욱 심한 경우는 범죄를 저지른 사람에게는 이마에 경 자를 새겨 어느 곳에서도 얼굴을 들고 살 수 없도록 가혹한 형벌을 내렸다고 하니 그 사람은 살아도 산 것이 아니었을 것이다.

현대에 들어오면서 그렇게 타인에 의해 강제로 문신을 하는 일은 없어졌다. 하지만 한때 조폭이나 특수직종에 종사하는 사람들이나 하던 문신이 지금은 일반인들에게까지 널리 퍼지고 있다. 아직 어린 고등학생과 대학생, 심지어 여성들까지도 문신 시술을 하는 실정이다. 특히 매스컴에 문신을 한 일부 연예인이나 운동선수들의 모습이 비춰지면서 문신 풍조를 부추기고 있다.

일일이 수작업으로 문신을 했던 과거와 달리 요즈음은 기계로 쉽게 작업을 할 수 있는 것도 문신이 확산되는 데 일조를 하는 것 같다. 개성을 강조하는 시대에 문신을 패션의 일부라고 생각하는 젊은이들이 한때의 호기심을 못 참고 시술을 하는데, 그것은 섣부른

판단이고 매우 위험한 모험이다.

　일본 야쿠자들이 자기들 조직의 공동체를 강조하기 위해 어깨에 그들만의 문양을 새기던 행위가 우리나라에 들어오게 되었고, 70~80년도에 들면서 우리나라의 조폭들 사이에서 호랑이, 용, 장미, 잉어 등의 문신이 성행하게 되었다. 그렇게 일반인들이 기피하는 이들이 주로 문신을 하다 보니 국민 정서상 몸에 문신이 있으면 별다른 이유가 없어도 불량한 사람으로 인식되기도 하고 도덕적으로 잘못을 저지르는 사람으로 비춰지기도 한다. 직장 생활이나 인간관계에서도 좋지 않은 시선을 받을 뿐만 아니라 취업 시험에서 우수한 성적을 받더라도 지나친 문신은 신체검사와 면접 과정에서 발견되어 탈락할 가능성이 높다.
　대한민국 엘리트 직업군으로 여기고 있는 공무원, 교수, 교사, 판·검사, 변호사, 의사, 군 장교 등 사회 상류층에 속해 있는 사람치고 몸에 그림이 있는 사람은 아직 본 적이 없다. 아마도 그런 직종에는 문신이 있으면 임용이나 채용도 불가한 것으로 알고 있다. 사회생활 중에도 몸에 문신이 있으면 내색은 하지 않더라도 알게 모르게 곳곳에서 차별적으로 제약을 받으며, 건전한 삶을 살아가고 있음에도 불구하고 과거에 나쁜 행동을 한 사람으로 취급받는다.
　나는 실제로 법정에서 그와 비슷한 사례를 본 적이 있다. 같은 죄를 짓고 재판을 받게 된 두 사람이 있었는데, 문신이 없는 한 사람은 집행유예로 풀려난 반면 양쪽 팔에 용무늬를 그려 넣었던 다른 한 사람은 구속되었던 것이다. 꼭 그 이유 때문이라고 확신할 수는 없지만, 일단 몸에 문신이 있으면 다른 사람보다 나쁜 짓을 더 많이 할 것이라는 감정이 강해질 수밖에 없다.

어느 날 체육관에 다이어트 복싱을 배우러 20대 여성회원이 처음 등록을 한 적이 있었다. 그때 기존 남자 회원이 나에게 다가와 작은 목소리로 "또라이가 한 명 왔습니다." 하기에 "그게 무슨 소린데?" 하고 되묻자 처음 등록한 여성회원을 지목하며 목, 어깨 부분에 작은 문신이 있다는 것이다. 단지 그것만 보고 아무 문제도 없는 정상적인 사람을 '또라이'라고 생각한 남자회원의 사고방식도 문제가 있지만 그만큼 문신에 대한 선입견은 좋지 않은 것이다.

문신이 좋은 것은 딱 한 가지밖에 없다. 사람들이 시비는 잘 걸어오지 않는다. 문신이 있는 사람은 폭력배나 싸움꾼 등 부정적으로 생각하기 때문에 알아서 피하는 것이다. 한 번 그려진 흔적을 감추기는 쉽지 않고 지우기도 너무 어렵다.

더운 여름 날씨에도 긴 옷이나 토시를 착용해야 하고 목에 단추 달린 옷을 입을 때는 가슴에 괜한 파스를 붙이고 다니게 된다. 젊을 때야 남의 시선쯤은 무시하고 자신의 개성을 나타내며 당당할 수도 있겠지만, 장담하건대 40~50대 이후에는 불편함과 함께 99%는 후회한다. 나이가 들어갈수록 의식적으로 노출을 꺼리게 되고 생활하면서도 처음 만나는 사람을 대면할 때는 숨기고 싶은 마음이 간절해진다. 상대방도 서로 호감을 느끼고 있다가도 나중에 문신이 있는 것을 알면 드러내지는 않지만 서서히 멀리하려 할 것이다. 이제는 감추고 싶은 비밀이 되었다.

   한때 생각 없이 행했던 문신으로 인해 한심스러움과 사람 격 떨어
지는 심정을 겪어 본 나이 60이 훨씬 넘은 이 사람이 아들, 손자 같
은 젊은이들에게 문신은 하지 말라고 조언하고 싶다. 문신을 하다
보면 나쁜 생활 쪽으로 빠지게 될 가능성도 높다. 교육수준이 높고
상류층의 삶을 사는 사람치고 몸뚱이에 그림 그린 사람 없다. 사람
몸뚱이는 도화지가 아니다.

3

원칙의 중요성(비운의 복서 김득구를 생각하며)

시대와 지역을 막론하고 스포츠는 늘 대중들과 호흡해 온 대표적인 오락이자 억눌린 감정을 표출하는 도구였다. 최근에는 프로 축구와 야구 등 구기 종목이 대중들의 많은 사랑을 받고 있고 투기 종목에서는 이종격투기가 마니아들의 인기를 얻고 있지만 70~80년대를 살았던 사람이라면 인생 최고의 스포츠로 프로복싱을 꼽는 데 주저하지 않을 것이다.

그 당시 세계챔피언을 했었던 대표적인 선수로는 김기수, 홍수환, 장정구, 유명우, 김성준, 염동균, 박찬희, 박종팔 등을 꼽을 수 있다.

초등학교 6학년 때쯤 나는 아버지의 손에 이끌려 두 살 아래인 동생과 함께 복싱을 배우게 되었다. 복싱체육관 상호는 기억나지 않지만, 관장은 한국 챔피언까지 지낸 김덕팔 님이었다. 체육관에는 세계 챔피언을 꿈꾸며 복싱 선수로 나가기 위해 땀 흘리는 관원들도 있었다. 나는 그 체육관에서 서울 건국중학교 1학년 때까지 복싱을 배우다가 아버지 사업 때문에 부산으로 이사하느라 아쉽게도 중간에 그만두었다. 그 이후 사회생활을 하느라 운동을 하지는 못했지만 시간이 날 때마다 일본 무술 야외라, 브라질 무술 주짓수 등 여러 가지 운동을 가까이 했으며 지금도 운동 애호가로 진주문화복싱체육관(관장 강명주)에 10년 넘게 다니면서 심신을 단련하고 있다.

 오랜 세월이 지난 지금까지 내 마음에 깊은 인상을 남긴 비운의 복서가 있다. 그의 이름은 김득구. 비록 세계 챔피언에 오르지는 못했지만 그가 죽기 전 마지막으로 펼친 경기는 한국 복싱사뿐만 아니라 세계 복싱사에 기록될 만큼 명승부였다. 또한 최악의 사건으로도 기록된 1982년 미국 라스베이거스 경기이다. 야외 특설 링에서 진행된 경기는 무명 복서 김득구와 그 당시 최강의 복서였던 맨시니와의 대전으로 세계 챔피언 결정전이었다. 맨시니가 압도적인 우세로 이기리라는 많은 전문가의 예상과 달리 김득구 선수는 종반 초까지 밀리지 않는 투지로 미국 관중의 환호와 박수까지 받으며 선전했다. 그러나 12회부터 균형을 잃고 14회에서 KO패 당한 후 의식을 잃고 병원으로 옮겨져 뇌수술을 받았으나 깨어나지 못하고 5일 후 사망한다. 그의 나이 26세.
 김득구 선수는 전형적인 헝그리 복서였다. 객관적인 실력은 누가

봐도 맨시니에 비해 현저히 부족했다. 그가 최강자 맨시니 선수를 상대로 12회전까지 대등한 경기를 펼칠 수 있었던 것은 파이팅 넘치는 정신력 때문이었다. 그로서는 그날의 라스베이거스 특설 링이 세계챔피언으로 가는 자신에게 주어진 마지막 무대라고 생각했을 것이다. 그에게는 다음이란 없었으며 적당히 싸우고 물러나는 것도 허용하지 않았다. 뼛속까지 철저한 헝그리 정신은 그를 라스베이거스 특설 링에 올라 세계 최강 맨시니와 맞붙게 했지만 마지막 순간까지 그를 지켜주지는 못했다.

  김득구 선수의 시신은 가족의 동의를 얻어 장기 기증 절차를 밟았다. 살아생전 자신이 겪었던 가난이 지긋지긋하여 돈이 생길 때마다 불우이웃을 위해 기증하는 일을 거르지 않았던 그는 죽어서도 자신의 몸을 다른 사람들을 위해 쓰고 이 세상을 떠났다. 그의 죽음에 많은 국민이 함께 슬퍼했고 전 세계 복싱 팬들이 애도했다. 그런데 비극은 거기서 끝이 아니었다. 김득구 선수를 보내고 3개월이 지났을 때 김 선수의 어머니는 가난 때문에 아들을 자기가 죽였다며 괴로워하다 농약을 마시고 아들이 있는 저세상으로 떠나게 된다. 그리고 당시 미국인 심판 리처드 그린은 위험한 상황에서 경기를 일찍 중단시키지 못하고 강행시켜 김득구 선수를 죽게 했다는 자책감으로 7개월 후에 스스로 목숨을 끊었다. 맨시니 선수도 그 충격으로 얼마 안 있어 현역에서 은퇴하고 만다. 복서로서 한창 전성기를 누리고 있던 그였지만 복싱계를 완전히 떠난 것이다. 그는 후일 영화배우와 영화 제작자로 활동하게 된다.

김득구 선수에게는 결혼을 약속했던 여자 친구가 있었다. 그녀는 임신 중이었는데, 김득구 선수가 사망하고 3개월 후 아빠를 닮은 아들이 태어났다. 언론을 통해 알려진 것은 거기까지였다. 그리고 세월이 무심히 지나갔다. 김득구 선수에 대한 이야기도 사람들의 기억에서 희미해져 갔다.

그 후 김득구 선수의 30주기를 며칠 앞둔 2012년 9월 어느 날, 인천공항 활주로를 이륙하고 있는 비행기에 50대 여인과 30대 초반의 청년이 타고 있었다. 두 사람의 목적지는 미국 산타모니카. 거기에 김득구 선수와 마지막 경기를 펼쳤던 맨시니가 살고 있다. 맨시니를 만나기 위해 가고 있는 사람은 30년 전 김득구 선수를 저세상으로 떠나보내야 했던 그의 연인과 그녀의 뱃속에 잉태되어 있던 아이였다. 아빠 없이 태어난 그 아기는 엄마의 헌신적인 돌봄과 사랑 덕분에 어엿한 치과의사가 되어 있었다. 한때 아버지를 죽게 한 맨시니를 원망했던 그였지만 산타모니카 맨시니의 집을 방문하여 두 사람은 서로 부둥켜안고 화해와 용서의 눈물을 흘리게 된다. 김득구 선수를 사망케 하고 늘 가슴 한편에 죄책감을 안고 살았던 맨시니 선수는 그에게 아들이 있다는 사실을 알고 그 유족들을 미국으로 초대하여 그렇게 용서를 빌었다.

37년이 지났지만 지금도 마지막 쓰러지기 직전 링 위에서의 김득구 선수의 모습이 선하다. 눈을 뜰 수 없을 만큼 퉁퉁 부은 얼굴로 초점을 잃고 휘청거리며 한 손으로 로프를 잡고 일어나려고 안간힘을 쓰다 이내 허망하게 쓰러진 마지막 순간에 그는 무슨 생각을 했을까. 가난 때문에 결혼식도 올리지 못한 아내에게 챔피언이 되면 면사포를 씌워 주겠다던 약속, 곧 태어날 아기에게는 가난을 물려주지 않겠다며 챔피언이 되기 전에는 절대로 링에서 내려오지 않겠다던 시합 전 인터뷰를 떠올렸을까. 가난 때문에 무작정 서울로 올라와 구두를 닦으며 세계 챔피언의 꿈을 품었던 26세의 청년은 약속을 지키지 못한 채 그렇게 링의 제물로 세상을 떠나갔다.

모든 운동에는 기본 자세와 지켜야 할 원칙이 있다. 복싱에서는 양손을 턱 높이까지 올리고 상대의 공격을 방어하기 위한 커버링이 가장 기본적인 자세이다. 12회부터 수세에 밀리던 김득구 선수는 열세를 만회하려는 초조함이었는지, 아니면 이기려는 의욕이 앞섰는지 커버링 자세를 소홀히 하고 공격적으로 들어가다가 상대 선수의 되받아치는 강한 주먹을 맞은 것이다. 질 때 지더라도 훗날을 도모하는 마음으로 경기를 했더라면 언젠가는 세계 챔피언이 될 만한 자질을 갖춘 좋은 선수였는데, 아무리 가난하고 삶이 힘들어도 살아 있어야 만회할 기회가 있는 것인데, 지금도 생각하면 아쉬움뿐이다.

그의 죽음은 어떠한 분야에서든 기본과 원칙의 중요성을 다시 한번 깨닫게 된 계기가 되었다. 기본적인 원칙을 무시하고 과도한 욕심이나 기교를 부리면 안 된다는 절절한 교훈도 얻었다.

4

천둥 같았던 첫사랑의 울림

'첫사랑'이라는 단어를 접하면 남녀를 불문하고 두근거리는 마음과 함께 아련한 추억 속으로 빠져드는 것을 느끼게 될 것이다. 성인이 되어 사랑을 알 만한 나이에 만난 연인일 수도 있겠지만 중고교 시절의 친구일 수도 있고, 그보다 어린 초등학교, 또는 유치원 친구에게 느꼈던 감정일 수도 있다.

어느 책에선가 '첫사랑은 처음 하는 사랑이 아니라 인생을 통틀어 가장 아픈 사랑'이라는 글을 읽은 적이 있는데, 내게는 몇 십 년이 지난 지금도 잊히지 않고 그리워지는 어린 시절의 친구가 있다. 황순원 님의 소설 〈소나기〉에 등장하는 소년과 소녀처럼 특별하지는 않지만 나름 둘만의 소중한 추억을 공유했던 사이라고 생각한다. 그 마음이 사랑인지 뭔지 그때는 알지 못했지만 나는 그 친구에 대한 나의 마음이 첫사랑이었다고 굳게 믿고 있다.

내가 서울에 올라와 처음 다니던 국민(초등)학교는 마포구에 있는 서울서강초등학교이다. 지금은 주변에 고층아파트가 들어서고 지하철 6호선이 지나가는 대로변에 인접해 있지만 그때만 해도 와우산 자락에 위치한 학교 주변은 한적한 변두리 동네 모습이었다. 봄이면 산으로 올라가는 길목에는 제비꽃, 달개비꽃 같은 아름다운 들꽃들이 지천으로 피고 초여름이 되면 하얀 아카시 꽃이 탐스럽게 매달리곤 했다.

지금이야 어느 산엘 가든지 각종 나무들이 빽빽하게 들어서 있지만 내가 어렸을 때만 해도 우리나라의 웬만한 산들은 나무가 없는 민둥산이 많았다. 좋은 나무는 베어다가 집 짓는 목재로 사용하는가 하면 마땅한 연료가 없으니 산에 쌓인 솔가리(말라서 땅에 떨어져 쌓인 솔잎)까지 갈퀴로 긁어다가 땔감으로 사용했다고 한다. 내가 살던 서울에서야 그 당시 연탄을 사용하고 있었지만 시골에서는 그때까지도 산에 가서 나무를 주워 와 밥도 짓고 방도 덥혔다고 한다. 그렇게 산에 나무도 없이 헐벗었으니 장마철이 되면 산사태가 일어나는가 하면 농경지가 침수되는 일도 많았다.

그래서 내가 학교 다니던 시절엔 국가에서 정책적으로 산림녹화 사업을 대대적으로 추진하였다. 식목일이면 신문에 대통령이 직접 나무 심는 모습을 크게 보도하면서 모든 국민이 나무 심기에 동참할 것을 독려하였다. 학교에서는 수업을 하지 않고 전교생이 산에 나무를 심으러 가거나 송충이를 잡으러 다니기도 했다. 나무젓가락으로 송충이를 집어 종이봉투에 담아 담임선생님께 가져다 드리면 선생님은 누가 몇 마리를 잡았는지 일일이 기록하시곤 했다. 남자 아이들이야 송충이 잡는 날이면 수업하지 않고 놀러가니 좋아했지만 여학생들은 징그럽다며 기절할 듯이 소리를 지르기도 했다. 게다가 어떤 남학생들은 잡은 송충이를 여학생의 목덜미에 올려놓는 등 짓궂은 장난을 치기도 했는데, 그러면 그 여학생은 바닥에 주저앉아 우는 바람에 선생님께 단체로 기합을 받기도 했다. 이런 이야기를 요즘 아이들에게 들려준다면 어떻게 생각할까. 많은 변화가 있었음을 느끼게 하는 추억의 한 장면이다.

그때 산림녹화사업을 하면서 가까운 산에는 척박한 곳에서도 잘 자라는 아카시나무를 많이 심었다고 한다. 그래서인지 우리 학교 뒷산에도 아카시나무가 많았다. 우리는 그곳 아카시나무 숲에서 친구들과 술래잡기도 하고, 풀꽃을 꺾어 상대방의 풀꽃에 걸고 누구의 것이 먼저 끊어지는지 내기를 하기도 했다. 그렇게 학교 뒤에 있는 산속은 우리들의 놀이터로 사랑을 받았다.

4학년이나 5학년 때였던 것 같다. 정분경! 그 아이는 얼굴이 하얗고 늘 생글생글 웃는 모습이었다. 머리를 단정히 양 갈래로 땋아서 묶고는 나풀나풀 뛰어가는 모습을 보면 정말 예뻤다. 나는 왠지 그 아이만 보면 기분이 좋았다. 말을 붙이고 싶지만 막상 그 애가 옆에 오면 입이 얼어붙은 듯 떨어지질 않았다. 아마도 부끄러운 느낌이었던 것 같은데 정확히 어떤 부끄러움인지는 잘 모르겠다.

우리 집은 동네가 한눈에 내려다보이는 꼭대기에 있었는데, 마침 그 아이도 같은 동네에 살고 있었다. 학교수업이 끝나고 집에 가는 길에 분경이를 만나게 되면 나는 말도 걸지 못하고 오히려 그 아이를 앞질러 걸어가곤 했다. 그러던 어느 초여름 날, 좁고 가파른 골목길을 오르고 있을 때였다. 그날도 무심한 척 앞서 가던 그 아이를 앞지르기 위해 걸음을 빨리하고 있었다. 그때 분경이가 언덕길을 오르기가 힘이 들었는지 "같이 가!" 하며 내게 손을 내밀었다. 순간 속으로 놀랐지만 나는 그 손길이 싫지는 않아 못 이기는 척하며 그 아이가 잡은 손을 놓지 않고 살짝 끌어 주며 함께 걸어 집으로 돌아왔다. 그 후로 나는 등굣길이나 하굣길에 분경이를 기다렸다.

학교 뒤쪽 무성한 숲길을 따라 걷다 보면 키 높은 아카시나무에서 군데군데 탐스러운 하얀 꽃송이가 축 처져 내려온 곳이 있었다. 아직 어린 우리들도 손을 뻗으면 꽃을 딸 수가 있었기에 한 송이씩 꽃을 따서 가위 바위 보를 하며 이긴 사람이 하나씩 꽃잎 따는 게임을 하기도 했다. 군것질거리가 많지 않던 그 시절에는 꽃의 씨방에 고인 달큰한 즙을 빨아먹으려고 장난삼아 꽃잎을 따서 먹기도 했다. 내가 하모니카 불듯 왼쪽에서 오른쪽으로 입을 이동하면서 주르륵 꽃잎을 훑어 먹으면 그 아이도 꺄르륵 웃으며 곧잘 흉내 내기도 했다. 내 키보다 두 세배나 높은 철조망을 넘어가려고 하면 무섭고 위험하다며 살며시 내 옷을 잡아당기며 말리던 그 아이!

신작로 어귀 모퉁이에 있던 허름한 동네 구멍가게에는 때 묻은 좌판을 깔고 발로 페달을 밟으면 투박하게 모터 돌아가는 소리와 함께 거미줄 같은 실타래가 술술 흩어져 나오는 솜사탕 기계가 있었다. 주인아저씨가 하얀 설탕을 한 숟가락 넣으면 부드러운 솜사탕이 끊임없이 올라오는 모습이 신기해 넋을 놓고 바라보곤 하였다. 나는 엄마가 가끔씩 주시는 용돈을 모아 솜사탕 1개를 사서 분경이와 나눠 먹기도 했다. 흰설탕이 재료인 솜사탕은 끈적거려서 잘 떼어지지 않았지만 분경이는 몇 번씩 시도한 끝에 가냘픈 손으로 솜사탕을 떼어내 내 입안에 넣어 주곤 했다. 사르르 녹아내리던 그 솜사탕의 부드럽고 달콤한 맛을 잊을 수가 없다.

　손바닥만 한 마을에서 골목길을 누비며 용케도 잘 숨어 다녔던 숨바꼭질 놀이도 재미있었다. 비록 가난했지만 그 시절 우리 동네 아이들은 흙먼지 마시면서 몽골초원의 방목한 가축처럼 자유롭게 뛰어 놀며 자치기, 구슬치기, 딱지치기, 줄넘기, 짱깨미뽀(가위바위보), 연날리기 놀이 등을 하며 즐거워했다. 싸구려 주전부리도 우리를 기쁘게 했는데, 파란 줄, 빨간 줄이 그려진 왕눈깔사탕을 오랫동안 입안에서 굴려가며 깨뜨리지 않고 살살 녹여 먹었던 기억도 난다. 반나절이나 씹었던 껌도 아까워 버리지 못하고 내 영역 방구석 벽 어딘가에 붙여 놓았다가 뒷날 생각나면 떼어서 또 씹곤 했었다. 특별히 잘 사는 집도 없고 다들 비슷비슷한 환경이었기에 엄마가 기워 준 발꿈치 구멍 난 양말을 신고도 부끄러워하지 않고 친구들과 어울리던 그 시절이 그립다. 사람에 대한 그리움은 누군가 곁에 있어 주면 채워질 수 있다고 하는데, 이제는 어린 시절의 그리움이 깃든 놀이와 주전부리로도 채워지지 않는다.

5학년이 끝나갈 무렵 어머니가 식당을 하시는 청계천 인근으로 이사를 가게 되었다. 할 수 없이 나도 현재 삼일빌딩 근처에 있었던 서울일신초등학교(1970년대 폐교, 2000년 다시 설립)로 전학을 가면서 분경이와는 헤어질 수밖에 없었다.

지금이야 곳곳에 고층건물들이 스카이라인을 그리며 늘어서 있지만 당시에 우리나라는 고층빌딩이 없었고 높아봐야 5~6층의 건물이 대다수였다. 삼일빌딩도 우리가 이사를 간 다음해인가부터 공사를 시작하여, 학교를 오가며 공사 현장을 구경했던 기억이 난다. 1970년 완공된 삼일빌딩은 31층 규모의 높이로 우리는 그 건물 꼭대기를 바라보며 층수를 세어 보기도 했다. 우리나라의 대표적인 건축가인 김중업 선생이 설계했다는 삼일빌딩은 일제 잔재를 청산한다는 의미로 우리의 3·1정신을 되살리기 위해 31층으로 구상하였다고 한다. 그 후 시골에서 올라온 사람들은 청계천 삼일빌딩을 구경하고 가는 것이 서울 나들이의 한 코스가 될 만큼 삼일빌딩은 서울의 랜드마크로서의 역할을 톡톡히 하였다.

단짝이었던 분경이와 헤어지던 날, 무언가 가슴 한쪽이 텅 비는 듯한 서운함을 느꼈지만 어린 나로서는 별다른 방도가 없었다. "잘 있어!"라며 작별 인사를 했지만 그것이 영영 만날 수 없는 이별이라고는 미처 생각지도 못했다. 전학을 가서도 나는 종종 그 아이 생각에 섭섭하고 아쉬운 마음이 들었다. 수업시간에도 하염없이 창밖을 내다보며 그 아이와 놀던 일을 생각하기도 했다.

청계천에서 마포는 그리 멀지 않은 거리였지만 나는 찾아가 볼 엄

두는 내지 못했다. 지금이야 지하철 한 번만 타면 20분 정도밖에 걸리지 않는 거리지만 그때만 해도 지하철은 개통되지도 않았던 시절이다. 우리가 이용할 수 있는 대중교통이라고는 버스가 고작이라 어느 버스를 타고 어디로 가야 할지, 초등학생 어린 아이가 시도하기엔 어려운 일이었을 것이다. 그렇게 분경이와의 추억을 그리워하는 마음은 나 혼자만의 몫이었다.

이제 50여 년의 세월이 흘렀지만 지금도 그 아이와 함께 놀던 기억만은 생생하게 떠오른다. 어떻게 살았는지, 지금은 무얼 하고 있을지, 아카시아 꽃 흐드러지게 피는 계절엔 그 아이도 나를 생각은 할는지 궁금하다. 그때는 참 예쁘고 귀여운 아이였는데 이젠 주름진 할머니 모습으로 변해 있겠지.

향기로운 냄새가 나는 향수병의 뚜껑을 꼭꼭 막아두는 것처럼 나의 아름다운 첫사랑의 추억은 지금까지 누구에게도 말하지 않고 마음 깊숙이 간직했던 것이다. 생각나고 그리울 때면 살짝 들춰 보던 나의 순수하고 아름답던 시절, 비오는 날의 수채화 같은 그리움 속의 주인공, 정분경! 어딘가에 살고 있는지 알 수 있다면 요즘 인기 있는 가요의 제목처럼 '보랏빛 엽서'는 아닐지라도 내 마음 한 줄 적어 띄워 보내고 싶다.

분경아, 너는 몰랐겠지만 그때 내가 얼마나 좋아했는지……!!!

5

차라리 맞고 살겠습니다

폭력은 물리적인 힘을 사용하여 타인의 신체에 손상을 가져올 뿐만 아니라 정신적·심리적인 압박까지도 동반하기 때문에 사회적으로 용인되지 않는 행위이다. 예전에는 폭력이라고 하면 철없는 청소년들의 패싸움이나 폭력배들이 낀 분쟁에서 발생하는 것으로만 알았지만 요즘에는 가정폭력이니 학교폭력이니 해서 사회생활 어디에서나 일어날 수 있는 일이라고 본다. 특히 가정폭력이나 데이트폭력 같은 경우는 사적인 친밀도가 높은 상태에서 벌어지는 일이라 지금까지는 개인적인 일로 치부하는 경우가 많았는데 요즘은 인식이 많이 달라지고 있다.

한편 폭력과 관련하여 종종 등장하는 용어로 '정당방위'가 있다. 정당방위는 자신에게 가해지는 급박하고 부당한 침해를 막기 위해 어쩔 수 없이 취한 가해 행위를 말한다. 어느 누구라도 다른 사람으로부터 가해지는 부당한 침해를 대책 없이 감수할 의무는 없다. 내가 먼저 남을 때릴 의도는 없었지만 부당한 폭력에 그냥 맞고 있을 수는 없는 일이 아닌가.

그런데 우리나라는 이 정당방위의 요건을 상당히 까다롭게 규정하고 있다. 정당방위가 인정되려면 몇 가지 요건이 필요하다. 그중 대표적인 것을 들어 보면 먼저 현재의 부당한 침해가 존재해야 한다. 즉 목전에 임박하거나 지금 급박한 상태에 처한 것을 말한다. 과거에 입은 피해나 미래에 일어날 침해에 대하여는 정당방위가 허용되지 않는다. 과거에 있었던 침해에 대해 행하는 것은 보복일 뿐이다. 또 미래에 도둑이 들 것에 대비해 고압 전류가 흐르는 철조망을 쳐두는 행위도 정당방위가 될 수 없다. 둘째, 자기 또는 타인의 법익을 방어하기 위한 행위여야 한다. 따라서 방위자는 방위할 의사를 가지고 행동해야 한다. 셋째, 침해에 대한 방위가 사회윤리에 비추어 상당한 정도를 넘지 않아야 한다. 상당한 정도를 넘는 방위행위는 과잉방위라고 하여 정당방위로 인정되지 않는다. 예를 들면 좀도둑을 잡는다고 흉기로 찌르는 행위는 정당방위라고 할 수 없는 것이다.

미국에서는 낯선 사람이 남의 집 담을 넘어 침입하다가 발각되면 좀도둑이든 강도든 부당한 침해나 공격 행위로 간주해서 총을 쏘아 상대방이 죽어도 정당방위로 인정되어 무죄를 판결 받는다. 그러나 똑같은 상황에서 대한민국에서는 흉기를 든 침입자를 제압하는 과정에서 흉기를 뺏고 폭행하다 사망하면 과잉방어라고 하여 유죄를 받게 된다. 침해와 반격이 현저하게 균형이 맞지 않는 과잉방어라고 보는 것이다. 즉 침입자가 흉기를 갖고는 있었지만 휘둘러서 상해를 가하지 않았다는 해석이다. 미국은 우리와는 지리적, 역사적, 문화적 차이가 있고 총기 소유를 허용하고 있기 때문에 우리나라와는 정당방위 요건이 다를 수 있다. 아무래도 공권력이 당장 적용되기 힘든 넓은 영토와 낮은 인구밀도를 지닌 미국 특성상 우리나라와 단순 비교하는 것은 객관적이지 못할 수 있지만 우리나라의 정당방위 요건이 까다로운 것만은 사실이다.

실제로 몇 년 전 자신의 집에 침입한 도둑을 수차례 폭행해 뇌사 상태에 빠지게 한 20대 남성이 재판정에 서게 된 사건이 있었다. 그의 행위에 대해 정당방위냐, 아니냐는 논란이 있었지만 재판부는 그에게 징역 1년 6개월을 선고했다. 도둑이 든 것을 발견한 집주인 남성이 도둑을 주먹으로 쳐서 쓰러뜨리자 도둑은 도망가려 했으나 집주인이 다시 뒤통수를 여러 차례 걷어차고 빨래 건조대까지 동원하여 폭행을 했던 것이다. 그 도둑은 물건을 훔치려고 집안에 침입은 했지만 집주인에게 위해를 가하지는 않았다. 그런데 그 집주인은 자신에게 현재 급박한 위해가 없었음에도 불구하고 상당한 정도를 넘어서는 과잉방어를 했기 때문에 실형을 선고받은 것이다.

언제쯤인가, 친구와 만나기로 한 약속장소에 일찍 가서 기다리고 있었다. 옆 좌석에는 40대쯤으로 보이는 손님 3명이 이야기를 나누고 있었다. 아직 저녁 늦은 시간이 아닌데도 불구하고 그들은 술을 많이 마셨는지 취기가 있어 보였고, 그중 한 명은 눈을 희번덕거리며 주변을 여기저기 돌아보고 있었다. 친구가 늦는 것 같아 나도 입구를 주시하며 기다리던 중 어쩌다 그 사람과 눈이 마주치게 되었다. 그런데 그가 왜 쳐다보냐며 다짜고짜로 욕을 하며 시비를 걸어왔다. 잘못한 것도 없이 면전에서 욕설을 들으니 나도 모르게 "그러는 너는 왜 쳐다보냐"며 맞받아쳤다. 그러자 그들 중 2명이 기다렸다는 듯이 격분하며 욕설을 퍼붓고 나를 자기들 자리로 억지로 끌고 갔다. 그리고는 자기네 자리에 앉혀 놓고 맥주 컵으로 손등을 가격하고 머리에 술을 붓는 등 행패를 부렸다. 나는 어느 누구와도 분쟁을 일으키지 않으려고 행동을 조심하던 중이었다. 그대로 있다가는 내가 다칠 수도 있겠다는 위험함을 느껴 제압하기 위해 주먹을 휘둘러 상대편 한 사람이 심한 부상을 입고 119 구급차로 병원으로 실려 갔다.

만약 이 같은 사례가 외국에서 일어났다면 정당방위로 인정되어 나는 무죄 판결을 받았을 것이다. 상대방이 먼저 시비를 걸지 않았거나 폭력을 행사하지 않았으면 저런 상황 자체가 발생하지 않았을 것이므로 나의 행위는 정당방위로 인정받아야 하는 것이 옳다. 그러나 먼저 얘기했던 대로 우리나라의 정당방위의 요건은 매우 까다롭다. 게다가 내게 남아 있던 전과 기록이 발목을 잡아 정당방위 요건 적용 여부를 따져볼 필요도 없이 구속되었다.

대한민국은 어느 누구든 한 차례라도 죄를 짓고 처벌을 받은 경력이 있으면 아무리 올바르고 성실히 살아가도 한번 전과자로 낙인찍힌 기록은 평생 없어지지 않는다. 본인은 물론 아무런 잘못도 저지른 적도 없는 자녀들의 신분상승까지도 가로막는 게 대한민국 법체계다. 개인적으로 훼손된 전과자라는 명칭은 죽을 때까지 달고 다녀야 하며 손상된 명예로부터 벗어날 수가 없다. 결국 관 속에 들어가 뚜껑 닫아야 그 멍에에서 놓여날 수 있는 것이다.

나는 그 사건으로 1심을 거쳐 2심에서 3년을 구형 받았다. 판결을 내리기 전 재판장은 '피고인은 할 말이 있으면 하라'며 최후 변론 기회를 주었다.

"지금 이 자리가 미국이면 저는 정당방위로 무죄를 받을 것입니다. 저는 지금껏 나보다 약한 사람에게는 단 한 차례도 주먹을 사용한 적도 없으며 상대방이 먼저 폭행을 하기 전에는 제가 먼저 폭행을 행사한 적도 없습니다. 그리고 제가 저지른 모든 행동에 대해 거짓으로 변명하지 않고 깔끔하게 인정했습니다.

재판장님께 선처해 달라고도 하지 않겠습니다. 그러나 이번에는 이 약속만큼은 꼭 지키겠습니다.

차라리 맞고 살겠습니다."

2주 후 징역 1년 6개월을 선고받았다.

6

몰디브에서 치른 유명세

　우리나라 젊은이들이 신혼여행지로 선호하는 곳 중 하나가 몰디브이다. 멀리 뭉게구름 몇 점이 펼쳐진 푸른 하늘과 맞닿은 수평선을 배경으로 고깔모자를 닮은 초막 아래 비치베드에 누워 바다를 바라보는 사진을 본 사람들은 천상세계 같은 풍경에 누구나 꼭 한번 가 보고 싶다는 생각을 할 것이다.

　몰디브의 정식 명칭은 몰디브공화국(Republic of Maldives)으로, 인도와 스리랑카 남서쪽 인도양에 자리잡고 있는 섬나라다. 국토는 남북으로 길게 늘어선 26개의 환초와 주변의 크고 작은 1,192개의 섬으로 이루어져 있으며 그중 사람이 살고 있는 섬은 200개 정도에 불과하다. 원래 불교 국가였지만 약 900년 전에 몰디브의 왕이 이슬람으로 개종하면서 이슬람 국가가 되었다고 한다. 수도인 말레가 있는 섬은 몰디브에서 가장 큰 섬으로 인구가 밀집되어 있지만 우리나라의 여의도 면적 정도밖에 되지 않는다. 말레는 군주제 시절부터 술탄이 왕궁을 짓고 다스리던 곳으로 지금도 그 건물이 남아 있다. 천혜의 자연환경을 보유한 덕으로 지금은 주로 관광산업이 발달해 있지만 부존자원이 없고 어업과 코코넛 생산이 주산업이다.

나는 1978년 고등학교를 졸업한 직후 몰디브에 가서 근무를 한 적이 있다. 그 무렵 몰디브에는 우리나라 수산개발공사 선박 4척이 파견되어 있었는데, 선박 간의 교신을 위한 기지국 또한 몰디브에 설치되어 있었다. 나는 고교 재학 중 통신기술 국가 자격증을 취득한 것이 있어 졸업 후 그곳 기지국에 통신을 담당하는 기사로 파견되어 1년간 근무를 하게 되었던 것이다.

지금은 인천국제공항에서 출발하여 싱가포르를 거쳐 9~10시간이면 갈 수 있지만 그 당시에는 항로가 연결되어 있지 않아 김포공항을 출발하여 홍콩을 거쳐 파키스탄, 그리고 또 스리랑카를 거쳐야 갈 수 있었기 때문에 꼬박 이틀이 걸리는 먼 곳이었다. 인도양 한가운데 떠 있는 산호초로 이루어진 섬나라라 수도 말레의 공공시설이나 공항 활주로도 산호초 위에 건설되어 있었다. 그때만 해도 찬란한 청춘을 접어두고 아는 사람 하나 없는 곳으로 유배를 떠난다고 생각했던 쉽지 않은 여정이었다. 고행길이라 생각하며 고행을 통해 고행을 줄이고자 했던 곳이다.

섬으로 이루어진 나라이다 보니 다른 지역으로 이동하기 위해서는 배를 타야만 했다. 지금은 2018년도에 세 개의 섬을 잇는 다리가

1부 방황의 세월 41

건설되어 수도가 있는 말레 섬과 벨라나국제공항이 있는 훌훌레 섬 간에는 버스가 운행되고 있다고 한다.

그 당시 우리나라는 아직 경제 사정이 어려웠던 만큼 해외여행이 자유롭게 허용되지 않았고 몰디브가 지금처럼 널리 알려져 있지도 않았다. 그러나 유럽 사람들은 그때도 몰디브를 찾는 이들이 많았다. 몰디브에는 당시에도 관광객들을 위한 리조트가 있었지만 스쿠버 다이빙을 제외한 다른 프로그램은 별로 준비되어 있지 않았다. 그저 추운 겨울을 피해 여행 온 유럽인들이 아열대 기후의 따뜻한 몰디브 해변과 바다를 즐기는 정도였다.

요즈음엔 신혼여행지뿐 아니라 도시를 떠나 휴식을 취하고 싶은 많은 사람이 찾는 곳으로, 여행사에서는 인도양의 보석, 천혜의 경관을 자랑하는 태초의 바다라며 홍보를 한다. 고층건물이 즐비한 복잡한 도시에서 시간을 다투는 바쁜 삶을 살아가는 현대인들에게 꿈의 장소인 것만은 확실하다. 몇 발짝만 가면 사방으로 푸르른 바다가 펼쳐지고 아열대기후에 키 큰 야자수 나무 그늘 아래를 거니는 생각만 해도 그야말로 힐링이 될 것이다. 그러니 도시민들은 휴가철이면 이렇게 오염되지 않은 자연환경을 찾아 여행을 떠나게 되는 것이리라. 하지만 그것도 잠깐 휴식을 취하기 위해 여행을 온 것이라면 더할 나위가 없는 곳이지만 그곳에 사는 사람들은 매일 변하지 않는 풍경과 더디게 가는 시간 속에서 그날이 그날 같은 지루함을 느낄 것이다. 육지라고는 볼 수 없는 망망대해를 매일 접하는 주민들은 멀리 보이지 않는 미지의 대륙을 더 그리워하지 않을까.

특히 20대 한창 기운이 넘치는 나이에 이런 적막한 바닷가에 유배를 온 것 같던 나는 빨리 시간이 흘러 이곳을 떠날 날을 손꼽아 기다릴 뿐이었다. 도시에서만 살았던 나는 시간이 멈춘 듯한 그곳이 갑갑하게만 느껴졌던 것이다.

직접 가서 보면 볼 것이라곤 물안경 끼고 바닷속에 들어가서 떼 지어 다니는 형형색색의 물고기와 산호초를 보는 재미밖에 없다. 내가 그곳에 갔을 당시만 해도 몰디브란 나라는 차나 도로가 거의 없었다. 수도가 있는 말레 섬도 자동차로 천천히 한 시간 정도 돌고 나면 섬 전체를 전부 돌아볼 수 있는 작은 면적이니 특별히 구경할 것도 없고 쇼핑이 유일한 즐길거리였다. 그래서 사람들이 살고 있지 않은 작은 섬에다 숙소, 레스토랑, 방갈로만 잔뜩 지어 놓고선 최고의 휴양지라고 관광객을 유치하고 있었다. 국가의 재정은 외국의 원조와 관광으로 얻는 수입이 대부분이고 자체적으로 생산을 해서 수출하는 거라곤 해산물하고 야자수밖에 없으니 국가 행정을 담당하는 장관도 해산물 장관과 야자수 장관뿐이었다.

몰디브는 국민의 98% 이상이 무슬림을 신봉하는 국가이다 보니 외국인 외에는 술을 마실 수가 없다. 특히 한국 남자들은 태국, 말레이시아, 베트남에서 놀던 생각으로 현지 여성들에게 치근덕거리며 못된 손버릇으로 핸들링했다간 인생 끝날 수 있으니 조심해야 한다.

1년간 근무하는 동안 현지인들과도 친해지면서 그들의 집에 드나들기도 했는데, 그들은 온순하고 아직 문명의 때가 묻지 않아 순수

했다. 어쩌다 물건을 분실해도 다음 날에 가 보면 그 자리에 그대로 있었다. 그런데 더운 나라라 그런지 원래 천성이 느리고 게을러서 그런지 집안에 쥐가 돌아다녀도 그곳 사람들은 아무렇지도 않게 여겼다. 쥐들도 사람을 무서워하거나 피하지 않고 여유를 부리듯 천천히 기어 다닌다. 그것을 본 내가 깜짝 놀라 왜 위생에 좋지 않은 쥐를 잡아 없애지 않느냐고 물어보니 살생하는 것이 싫어 그냥 같이 사는 것이라고 한다.

한편 지금은 관광객들이 많이 몰려오고 그곳 주민들이 이용하는 오토바이들도 많아 크고 작은 사고도 일어난다고 하는데, 그때만 해도 자동차도 별로 없고 관광객들도 그리 많지 않던 시절이다 보니 별 뉴스거리가 없었다. 매일매일 그날이 그날 같이 별다른 변화도 없고 이슈도 없이 지나는 날이 계속되었다. 그러다 보니 외국인이 물놀이 중 물에 빠져 허우적거리다가 주변 사람들 도움을 받아 구조되는 것만으로도 대단한 뉴스거리가 된다. 사망 사고가 아닌데도 불구하고 그날 저녁 뉴스뿐만 아니라 그다음 날 신문에까지 기사가 실린다. 인도양 한가운데 떠 있어 사방이 바다로 둘러싸인 곳이다 보니 그 나라 사람들은 어린 시절부터 수영에는 천재들이다. 그러니 그들에게는 제대로 수영을 못한다는 사실이 신기한 뉴스거리가 되는 것이다.

그런데 바로 내가 그 익수사고의 주인공으로 뉴스의 주목을 받게 된 사건이 발생하였다. 동료들과 다른 섬에 놀러갔다가 잘 하지도 못하는 수영을 하겠다고 바다에 뛰어든 것이 화근이었다. 익숙지 않은 바다에서 허우적거리다 정신을 잃은 모양이었다. 다행히 일행과 현지인들이 주변에 있어 구조될 수 있었다. 하지만 나 자신은 그 순간을 기억하지 못한다. 다만 몽롱한 상태에서 무지개 같이 아름다운 뭔가가 보이며 하늘로 붕 날아오르는 듯 기분이 좋았던 것 같다. 어쩌면 죽는 순간엔 그런 환희의 느낌을 맛보게 되는 것은 아닐까? 죽는 것도 별게 아니라는 생각이 들 정도였다. 그러나 뭍에 올라와 정신을 차린 후에는 머리가 깨질 듯 아프고 무척 고통스러웠던 기억이 난다.

그렇게 무사히 목숨을 건지고 현지인의 집엘 갔더니 방영되는 뉴스에서 내가 물에 빠졌던 사건을 보도하는 것이었다. 주위에 있던 사람들이 뉴스의 주인공이 되었다며 웃으면서 놀려댔다. 물론 그 다음날 신문에도 내 사건이 기사화되었음은 당연한 일이다. 그렇게 일찌감치 해외에 나가 별거 아닌 일로 외국 신문에 실리는 웃지 못할 경험도 겪었다.

일행 몇 명과 수도 말레를 벗어나 한두 시간 거리에 있는 월링기리, 반도스라는 섬으로 놀러가기도 했는데, 그곳에는 현지인은 거의 없고 유럽 관광객들이 대부분이었다. 그런데 그 유럽인들은 남녀 모두 팬티만 걸친 채 해변이든, 레스토랑이든, 숙소든 전혀 개의치 않고 유유히 돌아다니고 있었다. 여성 관광객들이 브래지어도 걸치지 않은 채 커다란 젖가슴을 출렁거리며 다니는 것을 보고 무척 당황스러웠지만 한참을 쳐다봤던 기억이 난다. 옷을 입고 다니는 사람은 한국 사람과 일본 사람들뿐이다. 저녁 시간에 해변에 나가 보면 그나마 팬티도 벗어젖힌 나체족들이 어슬렁거리며 돌아다닌다. 관광객들에게 허가된 구역이기 때문에 그들도 그런 자유를 만끽했을 것이다. 그런 것을 모르는 일부 관광객들은 물고기와 산호초만 구경하다가 귀국한다.

좀 더 용기를 내서 쾌속정을 타고 한두 시간 걸려 외딴섬엘 찾아가기도 했다. 우리가 도착하면 20가구도 채 안 되는 마을 사람들이 슬금슬금 나와서는 평생 외국인을 처음 구경하는지 어른, 아이 모두가 반갑게 맞이해 준다. 하룻밤 묵고 가는 조건으로 중간 크기의 돼지 한 마리를 잡아 마을 사람들과 함께 시간을 보내면서 그들이 만든 토속품을 선물로 받기도 했는데, 말은 잘 통하지 않았지만 그들이 정성껏 베풀어 준 친절과 따뜻했던 정이 아직까지도 좋은 추억 중의 하나로 내 마음속에 남아 있다. 내 젊음의 시간은 잠시 희생했지만 원주민들의 순수한 마음에 진정으로 위로받았던 장소였다.

젊은 한때 좋은 체험을 했던 곳이지만, 개인적으로 몰디브는 한번 정도 여행 삼아 가 볼 만한 곳일 뿐 다시 찾을 장소는 아니라고 생각한다. 먼 거리치고 푸른 바다 외에는 즐길 것이 별로 없는 작은 국가다. 오히려 우리나라의 제주도가 섬으로서의 매력도 있으며 사면에 따라 다양한 식생대를 볼 수 있는 한라산, 그리고 아기자기한 오름 등 볼거리가 훨씬 많다. 너도나도 해외로만 떠날 것이 아니라 우리나라의 아름다운 관광지를 찾는 것도 좋겠다는 생각이다.

7

내가 만난 게이 친구

　얼마 전 국회에서 '차별금지법' 제정을 위한 법안이 발의되었다고 한다. 그렇잖아도 요즘 갑질이니 뭐니 해서 차별 받는 소수자들에 대해 사회적 관심이 많은 시점에서 차별을 금지하자는 데 반대할 사람은 없을 것이다. 그러나 문제는 이 법이 제정됨으로써 역차별의 우려가 발생할 수 있을 뿐만 아니라, 이번에 발의된 차별금지법의 주된 내용이 동성애자들에 대한 차별 금지라는 데 있다.

　차별금지법이 제정되면 가장 큰 문제는 아이들을 가르쳐야 하는 학교에서도 이 법의 적용을 받게 된다는 것이다. 물론 그들도 차별받지 않을 권리가 있다. 하지만 올바른 성 역할을 제시하고 교육시켜야 할 학교 현장에서조차 동성애 문제를 구분하여 가르치지 못한다면 아직 성에 대해 잘 알지 못하는 아이들이 잘못된 성 역할을 습득하게 되지 않을까 하는 우려가 제기된다. 성 정체성을 정립해야 할 청소년 시기에 동성애가 선택할 수 있는 것으로 잘못 인식하게 되면 앞으로 우리 사회는 성 정체성 혼란을 겪게 될 것이다. 또한 정상적인 성 역할을 가진 사람이 도리어 역차별을 당할 수도 있다. 그래서 정치권과 교육계 등 사회 각층에서는 찬반이 갈리어 큰 이슈가 되고 있는 것이다.

  동성애자는 남자 또는 여자가 같은 성에게 성적인 이끌림을 받는 이들을 일컫는다. 보통 남성 동성애자를 게이(Gay)라고 하는데, 처음에는 남녀 구분하지 않고 동성애자를 지칭하는 용어였으나 후에 게이와 구별하여 여성 동성애자는 레즈비언(lesbian)이라고 지칭하게 되었다고 한다. 요즘에는 바이섹슈얼이라 하여 양성애자임을 주장하는 이들도 있다.

  우리가 자랄 때만 해도 우리 주변에 동성애자가 있으리라고는 생각지도 않았고 단지 여성스러워 보이는 남자나, 반대로 남자 같은 성향의 여자가 있으면 게이나 레즈비언이 아니냐고 놀리는 정도였다. 만약 실제로 동성애자가 있었더라도 그들은 그런 사실을 철저히 숨기려고 했을 것이다. 그런데 지금은 매스컴 등을 통해 많이 알려지기도 했고, 스스로 커밍아웃을 하는 이들도 종종 나타나고 있다. 또 그들끼리 모임도 하고 인권단체를 만들어 자신들의 권익을 주장하기도 한다. 매년 여름에는 서울퀴어문화축제라 하여 동성애자들의 퍼레이드도 벌이고 있다. 몇 년 전에는 서울대 학생회장에 출마한 여학생이 레즈비언(여성 동성애자)이라고 커밍아웃을 하여 매스컴의 조명을 받았다. 예전 같으면 커밍아웃을 하는 순간 외면을 받고 후보에서도 사퇴를 했을 텐데, 의외로 동료 학생들의 지지를 받아 학생회장에 당선되었다는 소식을 듣기도 했다. 요즘은 사회적 약자를 보호하자는 전반적인 사회 분위기에 편승하여 동성애자라는 용어 대신 '성소수자'라는 명칭으로 바꿔 부르고 있다.

하지만 세상이 많이 달라졌다고 해도 아마 대부분의 사람들은 동성애자라고 하면 해괴망측하다고 생각할 것이다. 특히 나이 드신 어른들은 정신병자 취급을 하실 수도 있다. 나 자신도 아직 이들에 대해 너그럽게 이해를 하지 못하고 있음을 인정한다. 동성애 당사자들이 들으면 반발하겠지만 내가 경험한 바에 의하면 정신적으로 문제가 있는 것이 아니냐는 사람들의 생각도 아주 틀린 것은 아니라고 본다. 그도 아니면 청소년기 성 정체성 정립 과정에서 잘못된 성 역할을 습득한 것은 아닐까 하는 생각도 든다.

80년대 후반 내가 활동하던 지역에 게이들이 주로 모이는 곳이 있었다. 거기에는 한국뿐 아니라 일본에까지 꽤 이름이 알려진 3명의 게이가 있었는데, 처음에 그들을 보았을 때 나는 정말 여성인 줄 알았다. 얼굴이나 목소리, 약간 볼록하게 튀어나온 젖가슴, 가냘픈 손, 걸음걸이 등 모든 행동거지가 여성과 똑같았다. 간드러지게 노래하는 모습을 보면 많은 남자들이 반할 정도였다. 거기에다 곱게 화장을 하고 예쁜 한복까지 입으면 어느 누가 보아도 속을 정도로 감쪽같았다.

그런데 그들이 그렇게 되기 위해서는 힘든 과정을 거친다. 주기적으로 여성호르몬 주사를 맞고, 약을 복용하며 운동으로 살을 빼기 위해 많은 노력을 기울인다. 그들은 남자로 태어났지만 자신은 진짜 여자라고 여기는 것이다. 여성의 몸을 만들기 위해 바(bar), 가라오케, 커피숍 등을 운영하면서 얻은 수입의 70%를 자신의 신체에 투자한다. 여자 역할을 하는 게이들은 대부분 자신의 상대방으로 게이남자를 찾는다. 그들끼리는 정상적인 남녀인 양 깊이 사랑에 빠지고 질투심도 강해서 다른 여자게이에게 관심을 가지면 쉽게 용서하지 않는다. 그러나 대부분 그들의 애정은 오래 지속하지 못하는 경우가 많았다. 무슨 이유 때문인지 모르지만 주로 남자 역할의 게이가 떠나 버린다.

나는 그들의 세계를 알아보기 위해서 나도 그쪽 계열인 것처럼 연기를 하며 접근해 보았다. 한 여자게이에게 호감을 보이는 척하며 의심하지 않게 가까이 할 수 있었다. 처음에는 비웃어 가며 경계를 했다. 쉽게 마음을 열지 않던 그가(여자 역할의 게이) 나의 거짓 적극성에 넘어가 어느 날 부산 조방 앞에 있는 국제호텔에 가게 되었다. 여자 역할의 게이는 설렘이 가득한 표정으로 나를 대했고, 나는 태연하게 끝까지 좋아하는 척 행동했다. 상상은 하고 있었지만 막상 그의 몸을 본 순간 나는 내심 놀랐다. 젖가슴은 여자처럼 볼록 올라와 있었는데, 남성 성기는 캔에 들어 있는 번데기처럼 쪼그라져 붙어 있었다. 나중에 안 사실이지만 여성 호르몬 주사를 주기적으로 맞고 사용을 하지 않으면 그렇게 된다는 것이다. 그 당시에는 방밖에 욕실과 화장실이 있어 잠깐 볼일 좀 보고 올 테니 침대에 누워 있으라 해 놓고는 그대로 조용히 도망쳐 나왔다. 궁금하겠지만 그들이 하는 행위는 항문으로 하는 것이다. 일반인들에게는 역겹고 변태적인 일이지만 그들에게는 그것이 당연한 것이다. 세상에는 별별 족속들이 살아간다는 것을 확인하고 기분 더러웠다.

얼마 후 미안한 마음이 들어 다시 그가 운영하는 가게를 찾아가서, 당신들 세계가 궁금해 장난 좀 쳤다고 솔직하게 말하고 사과를 했으나 그럴듯하게 속인 행위에 대해서 격렬하게 화를 내며 욕설까지 퍼붓는 것이었다. 지금 생각해 보면 그들의 실상을 알아보기 위해 그 게이의 자존심을 건드린 것은 경솔한 행동이었다.

앞서 말한 유명한 세 명의 게이 중 한 사람을 통해 그들만의 세계를 좀 더 구체적으로 들을 수 있었다. 그의 말에 의하면 진짜 게이는 2%도 안 되고 나머지는 전부 가짜라는 것이다. 오리지널 게이는 자신들끼리만 사귈 뿐 진짜 여성과는 성적 행위를 거부하지만, 가짜들은 결국 진짜 여성을 선택하여 그들의 세계를 떠난다고 한다. 2%에 해당하는 진짜인 그들은 평생 자기들이 생각하는 성적 정체성을 지키며 살아가고 있다고 했다.

하지만 무슨 자랑이나 하듯 특별한 사람처럼 사람들 앞에서 떠드는 이들은 끝까지 추적해 보면 얼마 안 가 이성을 만나 결혼도 하고 아이도 낳고 제자리로 돌아간다는 것이다. 그러지 않으면 계속 연기를 하면서 다른 사람의 시선을 받는 행동을 한다는 것이다. 커밍아웃이라 해서 남들 앞에 드러내는 이들은 대부분 가짜 게이, 가짜

레즈비언들, 또는 여성에게도 남성에게도 매력을 갖는 이른바 바이섹슈얼들이라고 한다. 이는 상식적인 시각으로 볼 때 동성간에 단순한 우정을 나누는 사이일 뿐인데 다른 사람들로부터 관심을 받기 위한 목적으로 레즈비언, 또는 게이라는 표현을 써서 과장함으로써 자신을 드러내고자 하는 것으로 보인다. 진짜 동성애자는 남들 앞에 드러내지 않고 자신들의 삶을 지키기 위해 소리 없이 자신의 정체성을 숨기고 산다. 나머지 대부분들은 자신들이 마치 그리스신화에나 나오는 테이레시아스라도 된 양 레즈비언이니 게이니 하고는 양성을 오고 가는 바이섹슈얼들이다. 바이섹슈얼이야말로 양다리를 걸치고 있다가 언제든 이성애자로 돌아갈 수 있다는 말이 아니겠는가. 그들은 아직 자신의 성 정체성에 혼돈을 겪고 있는 사람이거나 주변 분위기에 취해 자신도 동성애자라고 헛소리를 하고 있을 뿐이다.

남자와 여자가 서로 좋아하고 만나는 것은 사랑이지만, 남자와 남자, 여자와 여자끼리 좋아하고 사랑하는 것은 우정이다. 여성 간에 서로 좋아하고 사랑해서 함께 사는 것만으로 레즈비언이라고 스스로 밝혀서는 안 된다. 남성 간에도 매력을 느껴 좋아한다고 해서 게이라고 해도 안 된다. 동성끼리도 매력을 느낄 수는 있지 않겠는가. 연예인 중 늘씬한 키, 다부진 체격의 꽃미남을 보면 같은 남자가 보기에도 멋지고 부럽기도 하다. 사랑과 우정을 구분하지도 못하고 자연의 이치와 신의 섭리를 거스르는 것은 재앙일 뿐이다. 진정한 레즈비언이나 게이라고 주장하려면 동성끼리 성행위를 해야 하고 거기서 쾌감을 느껴야 한다.

    얼마 전 어느 TV 프로그램에 자신을 '호모로맨스 에이섹슈얼 안드로진'이라고 소개하는 젊은이가 출연한 적이 있다. 보통 사람들은 따라 부르기도 어려운 이 단어의 의미는 호모로맨스(동성에게 이끌리는 감정), 에이섹슈얼(성욕은 없음), 안드로진(남자이지만 여자라고 느낌)이라는 것이다. '동성에게 이끌림을 받고, 여자라고 느낀다면서 성욕은 없다'는 말은 나 같은 일반인이 보기에는 참으로 모순된다는 생각이 들지 않을 수 없다. 예전에 나에게 자신들의 성 역할에 대해 이야기해 준 게이는 그들끼리도 성행위를 하고 싶은 욕구를 느낀다고 말했다. 내가 볼 때 '호모로맨스 에이섹슈얼 안드로진'이라는 20대 초반의 그 출연자는 친구와의 우정을 착각하고 있거나 아직 자신의 성 정체성을 정립하지 못하고 있는 것은 아닐까 하는 생각이 들었다.

    그야말로 요즘 세상을 보면 어느 가수의 노랫말처럼 '세상은 요지경, 요지경 속'이다.

8

내가 믿는 신(神)은 조상신

인간은 스스로 만물의 영장이라며 우주의 모든 생명체 중에 으뜸임을 자랑하고 있지만 가뭄이나 폭우, 낙뢰, 지진, 쓰나미, 화산폭발 등으로 인한 자연재해 앞에서는 한없이 나약한 존재일 수밖에 없다. 요즘엔 눈에 보이지도 않는 바이러스로 인한 코로나19의 확산으로 전 세계 사람들이 두려움에 떨고 있다. 이처럼 인간의 능력으로 제어할 수 없는 상황이 발생하다 보니 사람들은 누군가 전능하고 초월적인 존재에 의지하여 마음의 안정과 평화를 얻고 싶어 한다.

세상에는 다양한 종교가 있으며 신앙을 가진 사람들은 자기가 속한 종교의 율법에 맞춰 의식을 행하고 행동함으로써 자기들의 신을 숭배한다. 사람들이 종교를 갖기 시작한 것은 아주 오래전부터이다. 선사시대의 동굴벽화나 암각화를 보더라도 풍요와 다산을 기원

했던 옛사람들의 종교행위를 엿볼 수 있다. 이를 통해 볼 때 인간은 오랫동안 자신의 능력으로 어쩔 수 없는 일들을 절대자에게 의지하며 살아왔다는 것을 알 수 있다. 과학이 발달하고 부족한 것이 없는 오늘날엔 신의 존재를 부인하는 사람들도 많지만 더러 지나온 세월을 관조하면서 삶의 덧없음을 느끼게 되면 다시 신을 찾게 되기도 한다.

나는 신은 존재하지 않는다고 생각했던 무신론자였기에 주위 사람들이 아무리 신앙을 권유해도 받아들이지 않았다. 할아버지나 아버지 세대처럼 유교적인 전통만을 지키려고 했던 것도 아니다. 다만 집안의 장손으로서 조상님들 제삿날, 명절 때만은 참석했다. 하지만 의례적인 것이라 생각할 뿐 특별한 의미를 두었던 것은 아니다. 그런데 5년 전 개인적으로 신비스러운 경험을 하고 나서는 무언가 인간으로서는 감히 범접 못 할 존재가 있을 수도 있다는 생각을 가지게 되었다.

평소 내 건강은 타고난 것이라고 여기고 신경을 쓰지 않고 살았다. 술도 마다 않고 먹을 정도로 건강에는 자신이 있었던 것이다. 그러나 지은 대로 받고 뿌린 대로 거둔다고, 과거 유흥업소를 하면서부터 불규칙한 생활습관과 술과 유흥을 일상처럼 즐기다 보니 몸이 심하게 망가져 가고 있었다. 결국 위 담적증, 식도염, 심방세동, 좌소뇌혈관협착 등을 진단받고 입·퇴원을 반복하면서 하루에 약을 15개씩 투약하는 지경까지 되었다. 위 담적증은 소화액 분비가 줄어

들면서, 먹은 음식물이 소화되지 않고 장기간 위에 남아 있어 독성 물질이 축적되어 생기는 증상이라고 한다. 심방세동은 심장 근육이 정상적으로 수축하지 못해 혈관에 혈전이 쌓여 생기는 질병이며, 뇌혈관협착은 뇌의 작은 혈관이 좁아져 있어 지속적으로 모니터링하면서 치료를 받아야 하는 것이다. 관리하지 않으면 위험해질 수 있는 상태였다. 난생처음 겪어 보는 고통스러움에 이쯤에서 인생을 포기할까, 극단적인 선택까지 생각하며 힘들게 보내고 있었다.

　그러던 어느 날 밤 꿈에 33년 전에 돌아가신 할아버지께서 머리를 단정하게 빗고, 아래위로 깨끗한 흰색 한복을 입으신 형상으로 나타나셨다. 한동안 물끄러미 말씀도 없이 나를 바라보시더니 따라오라며 손짓을 하는 것이었다. 생전에 집안의 장손인 나를 유난히 아끼셨기에 반가운 마음으로 할아버지를 부르며 따라갔다. 부지런히 쫓아가는데도 거리는 좁혀지지 않고 시야는 안개가 퍼진 듯 희미한데, 저만큼 앞서가신 할아버지는 재촉하듯 손짓으로 나를 부르셨다. 따라간 장소는 산이었다. 꿈속에서도 산 중턱을 지나고 계단을 오르는데 숨이 가쁘고 몸이 무거웠다. 겨우 할아버지를 쫓아가니 산등성 끝자락 너머에 큰 나무 한 그루가 서 있었다. 그 주위로 울타리가 둥글게 쳐 있고 할아버지는 울타리 바깥쪽에 있는 바위 위에 걸터앉아 계셨다. 어쩐 일인지 할아버지 가까이 다가가지는 않고 대각선으로 맞은편에 있는 넓은 나무통에 앉아 서로 마주보다 꿈에서 깨어났다.

어릴 적 할아버지를 잘 따르며 방학 때마다 할아버지 댁에 놀러 가곤 했지만 돌아가신 후 한동안 잊고 지냈던 터였다. 그런데 갑자기 꿈속에 나타나셔서 아무 말씀도 없이 측은한 듯 나를 바라보시는 모습에 무슨 일일까 궁금했다. 그런데 다음날에도 할아버지께서 꿈에 나타나셨다. 그날은 할아버지 곁에 누군가 동행이 있는 것 같았다. 할아버지는 나를 한 번 힐끗 보시더니 바로 옆에 아래위로 검정 옷을 입고 오만하게 의자에 앉아 있는 중년 남자에게 두 손을 공손하게 모으고 무언가 사정하듯 머리를 조아리셨다. 선생님 앞에서 벌 받는 학생처럼 할아버지는 고개를 푹 숙이고 불쌍한 모습으로 서 계셨고, 검은 옷을 입은 중년 남자는 나를 한동안 쳐다보고는 어느 순간 할아버지와 함께 사라졌다. 잠에서 깨어난 후에도 생시인 듯 선명한 그 장면이 한동안 뇌리에서 사라지지 않았고 의아한 생각은 들었지만 곧 잊어버리고 있었다.

며칠 후 옥상에 올라갔다가 내려오는데 평소에 관심을 두지 않았던 집 근처 멀지 않은 곳에 있는 산 쪽으로 눈길이 갔다. 그리 높지 않은 나지막한 산세가 길게 펼쳐진 비봉산의 전경이 눈에 들어왔다. 집에서 가까운 곳에 있지만 가 보지는 않았던 산이다. 한참을 멍하니 바라보다가 무엇에 이끌리듯 나도 모르게 생수통을 하나 챙겨 들고 시체 같은 몸을 간신히 추슬러 산으로 향했다. 산 입구에 접어든 후 산등성으로 올라가자 지금도 이해할 수 없는 놀라운 광경이 펼쳐졌다. 그때까지 이 동네에서 10년 넘게 살면서도 한 번도 와 본 적이 없는 산인데 며칠 전에 꿈에서 보았던 커다란 나무 주위에 둥글게 쳐진 울타리가 보이는 것이었다. 그리고 그 곁에 할아버지가 앉아 계셨던 바위와 비슷한 커다란 돌멩이, 내가 앉았던 나무통 비슷한 것도 놓여 있었다. 밝은 대낮 오후인데도 주위에 사람도 없고 섬뜩한 느낌에 다리가 후들거리며 한동안을 홀린 듯 후달리다가 평정심을 유지하면서 산에서 내려왔지만 꿈인지 생시인지 믿기 어려운 거짓말 같은 장면에 머릿속이 복잡해졌다.

그 이후 왠지 할아버지가 나를 돌봐 주시는 것 같은 느낌을 받고 매일 그 산을 오르기 시작했다. 산에 올라가서 꿈에 보았던 큰 나무 울타리를 한 바퀴 돌고 할아버지가 앉으셨던 바위에 잠시 앉아 쉬다가 내려오곤 했다. 아무리 더운 날에도, 비가 억수 같이 쏟아지는 날에도 하루도 거르지 않고 꾸준히 새벽이면 비봉산으로 향했다. 그러자 내 몸에 기적 같은 변화가 일어나고 있었다. 무겁기만 하던 몸은 어느새 가뿐해졌고 8개월 후 건강검진 결과 모두 정상으로 회복이 되었다.

아마도 할아버지께서는 우리 집안 장손인 나의 건강을 되찾아 주기 위해 내 꿈에 나타나셨던 모양이다. 첫날은 가까운 거리에 있는 산도 찾지 않던 나를 운동하라며 산으로 인도해 주신 것 같았다. 그리고 둘째 날 할아버지와 함께 있던 중년 남자는 저승사자이지 않았나 하는 생각이 든다. 심장이 불규칙하게 뛰는 심방세동과 뇌혈관협착 증상은 제대로 관리하지 않으면 언제 어디서 갑자기 쓰러져 한순간에 황천길 갈지도 모르는 질환인데, 그런 장손인 나를 위해 할아버지께서는 저승사자 앞에서 머리를 조아리시며 집안 장손 목숨만은 거두지 말라고 사정하신 것으로 나름대로 해몽을 해 본다.

　그 일은 우연한 꿈일 뿐이라고 단정 짓기엔 너무도 기이한 경험이었으며 과학적으로 증명할 수는 없지만 보이지 않는 힘을 느꼈다. 아무래도 신은 존재하는가 보다. 신이 없다고 하기에는 인간의 생각과 능력은 너무 미약하다. 인간의 눈으로 확인할 수 없는 그 무언가 세상을 움직이는 힘이 존재하는 것 같았다. 그 힘이 무엇인지 명확히 알 수는 없지만 하느님이 될 수도, 부처님일 수도, 아니면 조상님일 수도 있다는 생각이 든다. 하느님께 구원받으면 앉은뱅이도 걷게 만들고 천국에 가듯이, 부처님을 믿으면 병자도 낫고 극락왕생하듯이, 조상도 사랑이 충만하면 꿈에 나타나 후손을 살리신다.

　나는 할아버지 덕분에 건강도 되찾고 새 삶을 찾았다. 지극정성이면 하늘도 감동시킨다는 말처럼 할아버지의 정성으로 살아났으니 앞으로 나는 조상님을 잘 섬길 것이다.

2부

사랑, 그리고
남은 기억들

1

의리와 법

   사람이 살아가면서 특히 인간관계에서 마땅히 지켜야 할 도리를 '의리'라고 한다. 옛날 우리나라 선비들은 신의(信義), 또는 절의(節義)를 최고의 덕목으로 여겼다고 하는데, 그 또한 신념을 굽히지 않는 꿋꿋한 태도와 함께 사람으로서 마땅히 지켜야 할 도리를 중요시했음을 보여 준다.

   요즘 TV를 보면 연예인 중 유난히 의리를 강조하는 이가 있다. 그는 듬직한 체격과 함께 남자다운 외모로도 인기를 끌고 있는데, 어려서부터 태권도와 복싱 등 각종 운동을 섭렵하며 불의에 맞서 싸우다 수차례 다치기도 했으며 한쪽 눈이 실명되는 사고도 겪었다고 한다. 그럼에도 그는 소아암 환자를 위해 수술비를 지원하기도 하고 최근에는 코로나19로 대구 지역에 확진자가 급증하자 마스크를 기부하기도 했다. 나름 의리를 행동으로 보여 주기 위해 노

력하는 사람으로 보인다. 그를 볼 때마다 나는 동지적인 느낌을 받기도 한다.

그런데 오늘날 현실에서 '의리'라는 단어는 사전적 의미처럼 꼭 좋은 의미로만 쓰이지는 않는 것 같다. 최근까지 사람들의 입에 회자되고 있는 "우리가 남이가?"라는 말은 '의리'의 변질된 의미를 단적으로 보여 주는 것이다. 다들 알고 있겠지만 오래전 일부 정치권에 있는 사람들이 자신들이 지지하는 사람을 당선시키기 위해 모의를 하며 나눴던 말이다. 당사자들이야 자기들끼리 서로 도와주고 밀어주어야 한다며 그들끼리의 의리를 강조한 것이겠지만 법과 질서를 무시하고 지역감정을 부추기는 모의였기 때문에 사회로부터 지탄을 받았던 것이다. 또 주변에서도 의리라는 명목으로 아는 사람 봐주기 식의 비리가 자주 목격되기도 한다.

요즘 젊은이들은 여성화되고 나약하다는 말을 듣지만 우리 때만해도 남자라면 어떠어떠해야 한다는 기대감이 있었다. 강인한 체력을 갖추어야 하는 것은 물론이고, 생존경쟁이라도 하듯 누구한테도 지는 것을 용납하지 않았다. 무슨 일을 하다가 중도에 포기를 하여도 남자답지 못하다는 소리를 듣기도 했다. 약해 보이는 사람이 있으면 자신이 위험에 처하더라도 앞장서서 도와주어야만 남자답다는 소리를 들었다. 어쩌면 그런 것들이 '의리'라는 한 마디로 함축되었던 것인지도 모르겠다.

내가 속해 있던 공동체에서도 특히 의리를 강조했는데, 이제 와 생각하니 위에서 말한 일부 정치인들과 마찬가지로 조직 내부의 이익과 결속을 위해 다짐했던 집단 이기주의의 단면이 아닐까 생각해 본다. 나 개인적으로도 사춘기와 20~30대에 '의리'라는 단어 앞에서 그 혈기를 다스리지 못했던 적이 종종 있었다. 사회적 책임이나 준법의식은 잠시 미뤄두고 당장 눈앞에 보이는 상황에 즉각 대처하다 보니 그로 인해 대한민국 법의 심판대에 서기도 했다. 지난날을 돌이켜 보니 깊이 생각하지 못하고 행했던 행동들이 후회가 되기도 한다.

그러한 생각을 계기로 당장은 힘들어도 법을 지켜보면 법을 지키는 쪽이 편하다는 이야기를 하고 싶었다. 힘보다는 논리적인 말이나 글로 서로의 생각을 나눌 때 설득력이 있고 사회의 갈등이 없이 평온함이 유지된다는 생각도 이야기하고 싶었다. 마침 2019년 7월 14일, 울산에서 열린 '제헌절 기념 제31회 전국 스피치대회'에 참가해서 내가 생각했던 바를 말할 수 있는 기회를 가졌다. 대회에 나가기 위해 막상 원고를 정리하다 보니 젊은 시절에 차분하게 내 생각을 논리적으로 말하는 법을 배웠더라면 좋았겠다라는 아쉬움이 많았지만 내 경험과 생각을 진솔하게 말하는 것이 관건이라고 여기고 대회에 임했다. 그 결과 대상인 법무부 장관상을 수상하는 영예를 안았다. 다음은 그때 사용했던 원고의 내용이다.

"여러분!
대한민국 헌법 제10조에 이런 내용이 있습니다.
〈모든 국민은 인간으로서의 존엄과 가치를 지니며 행복을 추구할 권리를 가진다.〉
이는 법으로서 인간의 존엄성과 행복 추구권을 보장하고 있는 것입니다. 행복을 추구하기 위해서는 여러 가지가 있겠지만 청중 여러분께서는 돈, 명예, 건강, 직업, 꿈 중 어느 것이 큰 행복을 준다고 생각하십니까? 이것들은 우선순위가 있겠지만 인간의 존엄과 행복 추구를 위해 모두 필요한 것입니다. 이러한 것들을 이루기 위해서, 그리고 인간이 안전하고 행복하게 살기 위해서는 법과 질서를 지켜야 합니다. '법'은 정의를 실현하기 위한 최소한의 규범으로서 사회적 질서와 안정을 유지하기 위한 장치이기 때문입니다.
저는 젊은 시절 인간으로서 지켜야 하는 의무인 법의 중요성을 인식하지 못한 채 법을 지키지 않고 살아왔습니다. '의리'라는 명분으로 법보다는 힘을 먼저 쓰고 법의 심판도 수없이 받아보았습니다.

그러나 이제 환갑을 넘어 세상을 바라보는 시선도 바뀌고, 법치국가의 필요성도 느끼게 되었습니다. 또한, 어떤 상황에서도 정해져 있는 법과 규칙을 따라야 한다는 분명한 철학도 정립되었습니다. 제가 의리를 앞세워 법의 경계선을 넘나들었지만, 의리가 진정 그 가치를 발휘하려면 신뢰와 믿음을 바탕으로 책임과 의무를 성실히 이행할 때 빛이 난다는 것을 깨달았기 때문입니다.

세계적으로 위대한 민족으로 평가받고 있는 유대인은 오랫동안 나라를 잃고 방방곡곡에 흩어져 살던 소수민족이었습니다. 그럼에도 불구하고 민족성에 대한 존경심까지 들게 만드는 것은 철저한 준법정신과 탈무드를 바탕으로 한 그들만의 인생철학이 있었기 때문입니다.

인간이 인간답게 살아가기 위해서는 타인의 자유와 행복 추구권에 대해 존중하는 자세와 배려하는 정신이 우선되어야 합니다. 이러한 자세와 정신은 철저한 교육을 통해 배워야 할 것입니다. 법이 있다고 해서 그 법의 테두리 안에서 인간이 행복할 수 있는 것은 아닙니다. '악법도 법이다'라는 유명한 말처럼 법은 법질서를 위해 반드시 지켜져야 될 때 정의로운 사회, 안정된 사회가 될 것입니다. 누구에게나 평등하게 법이 적용되고 지켜질 때 인간의 삶이 행복해질 수 있다는 것이 이 연사의 마무리 결론입니다."

- 2019년 7월 14일, 제헌절기념 전국 스피치 대회에서 -

나에게는 큰 의미가 있는 특별한 대회였다. 가슴 한편에선 늘 지우고 싶지만 지울 수 없는 아픈 전력이 있기 때문이다. 나는 법을 어기고 공동체 내의 구체적인 행동지침으로 힘을 행사했던 폭력 전과 13범이다. 법무부에서 집행하는 형을 선고받고 법무부 소속 교정시설 교도소에 수감되어 죗값을 치렀다. 10년 전을 끝으로 법적으로 금지한 행위를 했던 결과가 어떤 것인지 뒤늦게 반성하고 있으며, 이제는 그 시절을 벗어나 새로운 삶을 살고 있다. 이후로는 어느 사소한 것 하나라도 법과 규율을 어기지 않으려 노력하며 살았기 때문에 대회에 나가 나의 경험과 생각을 당당하게 밝힐 수가 있었다.

사람은 누구나 변할 수 있고 바뀐 인생으로 살아갈 수 있다. 삶에서 부딪히는 문제들 속에서 과거나 현재나 변함없이 온전히 살아가는 사람들도 있겠지만 과거엔 잘못된 삶을 살았을지라도 현재는 올바르게 사는 사람들도 있다. 그리고 예나 지금이나 계속 잘못된 인생을 사는 사람들도 있다는 사실이다.

나는 과거의 흔적에서 벗어나 과거로 돌아갈 위험이 있는 장소를 피하고, 질 떨어지는 습관, 밥이나 먹고 경조사나 다니는 인맥을 청산하고 나서야 그동안 물들었던 행동에서 벗어날 수 있었다. 이제는 자유롭게 여러 분야의 강의도 들으면서 인생을 흥미롭고 충만하게 구성하면서 여러 사람에게 관심을 두고 겸손한 태도로 맞춰 가게 되자 지난 일의 아픈 기억을 조금씩 털어 버릴 수 있었다. 새롭게 만나게 되는 한 사람 한 사람 인연을 소중히 여기고 낮은 자세로 다가가니 인간관계에서도 안전한 만족감을 얻어 가고 있다.

의리 또한 실천해야 할 가치 있는 것이지만 이제는 법의 테두리

안에서 모든 사람과 어울려 살아갈 것이다. 고등학교 시절 짧아서 외울 수 있었던 미국 시인 롱펠로우(Henry Wadsworth Longfellow)의 〈인생찬가〉 중 한 구절이 40년도 넘게 지났지만 일상에서 작은 위로가 되고 있다.

"지나간 과거 일랑 죽은 채 묻어두고 활동하게. 활동해! 살아 있는 이 현재에!"

2

술에서 산으로

대부분의 사람들은 평소 건강에 대해서 잊고 사는 경우가 많다. 특히 자기의 건강에 대해 자신이 있는 사람일수록, 자신은 평생 아프지 않고 살 것처럼 자신만만해 하기도 한다. 요즘은 건강 문제에 대해 여러 경로를 통해 상담도 할 수 있고, 건강보험 덕분으로 병원 문턱도 많이 낮아졌기 때문에 어떤 이들은 건강염려증이라는 말을 들을 정도로 병원을 자주 이용하는 사람도 있다고 한다. 그러나 대부분의 중장년 이상 세대들은 젊어서는 자신의 몸을 돌보지 않고 바쁘게 살아왔다. 특별히 아픈 데가 없으면서 굳이 건강을 돌본다는 것은 너무 겁쟁이가 아니냐는 소리를 들을 정도의 시절을 보냈나. 나 또한 체력을 자신하며 나의 건강은 타고난 것이라 생각하고 병원과는 먼 생활을 했다.

5년째 매일 아침운동으로 진주 시내에 있는 숙호산을 등반한다(앞전에는 비봉산). 숙호산은 진주시 북서쪽에 걸쳐 있는 해발 137.5m의 나지막한 동네 뒷산이다. 진주의 4대 산(비봉산, 망진산, 월아산, 선학산)에는 속하지 않지만 산세가 완만하면서도 소나무와 상수리나무, 졸참나무 등으로 숲이 우거져 있어 진주 시민들의 산책로로 사랑받고 있다. 사람들이 주로 이용하는 대아중고등학교 정문에서 출발하여 팽나무 공원을 지나 숙호산 체육공원, 마당바위를 거쳐 서진주 나들목 앞으로 연결되는 코스를 다 돌려면 2~3시간 정도가 걸린다. 나는 매일 그 코스를 다 돌지는 않지만 새벽 4시 30분 경이면 일어나 숙호산 중턱까지 올라갔다가 동네 주변을 한 바퀴 걷고 나면 7시가 된다.

　사실 그 전까지만 해도 나는 한 달이면 20일도 넘게 술을 마시곤 했다. 그것도 반주 정도로 간단히 몇 잔 마시는 것이 아니라 어떤 날은 쓰레기차 새벽 청소하러 나올 때까지 마시고 다녔으니 지금처럼 아침 운동을 하는 것은 꿈도 꾸지 못할 일이었다. 그렇게 평소에 건강을 자신하며 허랑한 생활을 하던 어느 날 아침에 내 몸이 나한테 보복을 해 왔다. 복통과 두통, 어지럼, 호흡 곤란으로 응급실로 실려 갔다. 당시 좋지 않은 상태라고 하였으며 위 담적증과 심방세동, 좌 소뇌혈관협착 등의 병을 진단받았다. 다행히 일찍 응급처치를 받은 덕에 운이 따라 주었는지 영안실에 누워 향냄새 안 맡고 지금껏 건강하게 살고 있다.

　응급사태를 넘기고 이렇게 건강을 유지할 수 있게 된 비결은 술과 담배를 끊고 산에 오르기 시작한 덕이다. 그 무렵 꿈속에 나타나신 할아버지의 계시로 매일 산에 오르게 되었는데, 몇 달이 지난 어느 날 문득 나도 모르는 사이에 내 몸이 변화되고 있음을 느꼈다. 때맞춰 확산되던 둘레길 걷기 붐과 함께 나의 산사랑은 더욱 힘을 받았다. 둘레길은 산의 정상까지 오르지 않고도 숲속의 맑은 공기와 나무 향을 맡으며 산 둘레를 유유자적 걸을 수 있기 때문에 전문 등산인이 아니어도 쉽게 산에 오르는 즐거움을 맛볼 수 있게 해 준다. 제주 올레길이 조성된 후 많은 사람들이 즐겨 찾는 코스로 인기가 높아지자 전국의 산 주변에 수많은 둘레길이 조성되었다. 그 후 지자체별로 경쟁적으로 조성된 둘레길 주변에는 자생하는 나무뿐만 아니라 여러 종류의 보기 좋은 들꽃들도 심어 놓아 심신을 안정시켜 준다. 둘레길은 빠르게 정상을 정복하는 것이 아니라 제주에서 처음 올레길 만드는 운동을 시작했던 여기자님의 말처럼 '놀멍쉬멍(놀면서 쉬면서라는 제주도 사투리) 자신을 성찰'하며 걷는 길이다. 치열한 경쟁 속에 살다가 나처럼 뒤늦게 건강의 중요성을 깨닫고 산에 오름으로써 건강을 회복한 이들에게는 둘레길이야말로 금상첨화의 선물이며 크나큰 감사를 느끼게 해 주는 곳이 아닐 수 없다.

그 후 나는 산의 매력에 끌려 술의 '시옷'을 산의 '시옷'으로 대체하게 되었다. 술을 마시던 시절에 술이 술술 잘 넘어갔다면, 이제는 산에 오르면 숲속의 맑은 공기에 기분이 산뜻해진다. 산에 오르내리며 만나는 사람들끼리는 처음 보는 사람이라도 서로가 반갑게 인사를 하며 자연스럽게 대화를 나누기도 한다. 낯선 사람이지만 상대방에게 관심을 두는 것은 비슷한 시간대에 함께하는 장소에서 나누는 감정에 동질감을 느끼기 때문이 아닐까 생각된다. 그런데 산에서 벗어나 다른 시간대에 시장에서든 도로에서든 똑같은 사람을 만나면 서로가 합의한 것처럼 새벽에 산에서 느꼈던 반가움과는 달리 그냥 아는 듯, 마는 듯 대충 무표정하게 지나쳐 버린다. 인사를 할 수도, 안 할 수도 없는 곤란한 느낌은 나만 받는 것이 아닌 것 같다.

아침에 일찍 산에 올라 운동하는 사람치고 과거에 적당히 아파 보지 않은 사람은 별로 없다. 그리고 꾸준히 운동하는 사람들은 대부분 건강을 되찾고 오랫동안 건강한 몸을 유지하고 있다. 그동안 산에 다니면서 만난 많은 사람들한테 직접 들은 이야기들이다. 자신들이 직접 겪은 일이기에 진심으로 걷기운동의 중요성을 강조하며 다른 사람에게도 적극 권장하는 것이다. 걷기운동은 별로 대단한 것 같지 않지만 습관적으로 꾸준히 하면 건강해지지 않을 수가 없다. 관절과 다리 근육이 튼튼해지는 것은 물론 심장질환의 발생도 줄여 주고 면역력을 향상시켜준다고 한다. 뿐만 아니라 기분을 향상시켜 정신 건강에도 도움이 된다. 바다에 빠지면 죽지만 산에 빠지면 산다.

누구든 건강의 소중함을 잊고 술과 담배를 마구 몸속에 투하하다가는 나이 들어 요 깔고 누워서 팔뚝에 링거 꽂고 눈 깜박거리면서 병원 천장만을 쳐다볼 날이 꼭 찾아올 것이다.

술, 담배로 자신의 몸을 생체실험 하지 말자. 내 몸은 마루타가 아니다. 신체가 망가지도록 건강관리를 안 하는 것은 자신의 몸을 무책임하게 내팽개치는 자해행위이다. 나는 나의 일상을 '술'에서 '산'으로 바꾸고 나서 삶을 다시 사는 것 같은 느낌에 감사하며, 누구에게든 이 좋은 습관을 알리고 싶다.

3

팬티를 벗어야 할 때

남녀가 만나 사랑을 하고 가정을 이루어 자녀를 낳아 기르는 것은 동서고금을 막론하고 인간사의 순리와도 같은 것이다. 남녀의 사랑이라는 감정이 있었기에 인류는 긴 세월 동안 문명을 발전시키며 지금의 세상을 만들어 올 수 있었다. 그러한 의미에서 사랑은 고귀하고 아름다운 감정이라고 하겠다.

최근에는 결혼적령기가 되어도 반드시 결혼을 하고 가정을 꾸리지 않아도 된다는 의식이 강해지고 있다. 일인 가구의 비중이 늘어나고 있고 독신 남녀들이 많아지고 있는 것이 그러한 현상이 일반화되고 있음을 보여 준다. 말하자면 과거와는 달리 다양한 형태의 가구 구성이 생겨나게 된 것이다.

유교사상이 강했던 과거에는 적령기가 되면 반드시 가정을 이루고 자녀를 낳아 대를 이어야 한다는 전통이 있었기 때문에 개인의 의사와는 무관하게 누구나 결혼을 해야 한다는 부담을 가지고 있었다. 그러나 의식이 다원화되고 각자 개성이 중시되는 오늘날에는 결혼은 필수가 아닌 선택이 된 것이다.

각자의 취향과 개성 그리고 자유가 보장되는 사회가 되었으니 성적 파트너를 선택하여 관계를 맺고 싫증나면 헤어질 수 있는 자유 역시 보장되어야 한다는 주장도 있을 수 있다. 하지만 자유가 주어졌다고 해서 스스로 절제하지 않고 함부로 행동하는 것이 허용되어야 한다고는 생각하지 않는다. 필자는 남녀 사이의 인연의 끈은 우연보다는 필연에 더 가깝고, 인연과 악연은 순간 선택을 어떻게 하는가에 달려 있다고 생각한다.

처음 만나 상대방에 대해 잘 알지도 못하는 상태에서 자신의 영혼이라도 내어줄 것처럼 요란을 떨다가 얼마 지나지 않아 서로 삶의 사이즈가 안 맞는다, 추구하는 가치가 다르다는 등 다양한 핑계를 대며 좋지 않게 헤어지는 것이 요즈음 시대에는 대수롭지 않은 것처럼 되어 버렸다.

남녀가 만나 서로를 의지하고 함께 협력하며 행복하게 잘 살기 위해서는 여러 가지 조건을 갖춰야 되겠지만 1순위로 중요한 것은 신중하고 진지하게 서로에 대해 이해하고 알아가는 과정이 필요하다. 그러한 의미에서 아무리 좋아도 만난 지 1년 미만일 때는 공중화장실 가서 팬티 벗듯이 팬티 벗으면 안 된다. 적어도 1년 이상은 시간을 두고 관찰해야 비로소 서로에 대한 장단점이 보이고 상대방이 진심인지 아닌지를 알 수 있게 된다. 만일 교태를 부리며 상대방의 환심을 사려드는 사람이 있더라도 그 정도의 기간이면 속마음이 들통 나게 된다. 아무리 시대가 변했다고 하지만 온전히 지킬 것은 제대로 지켜져야 한다. 개인의 자유로운 선택이 중시되는 시대가 되었다고는 하더라도 사람과 사람의 만남은 신중해야 한다. 특히 남녀 간의 사랑은 생각 없이 섣부르게 해서는 안 된다.

한 남자를 진중하게 선택하여 팬티를 벗은 여성과 분별력 없이 아무렇지 않게 쉽게 팬티를 내려주는 여성 사이에는 분명 중요한 차이점이 있다. 전자의 경우는 이혼율이 적고 자식들도 비교적 잘 풀려나가는 데 비해, 후자의 경우는 이혼율도 높고 자식들도 신통치 않게 풀린다. 모두 다 그런 것은 아니지만 일반적으로 거의 그렇다는 뜻이다. 과학적으로 근거를 댈 수는 없지만 분명 여러 사람들의 사례와 분석에 의하면 상당한 관련이 있다는 것만은 확신할 수 있다. 누구나 자신이 행한 일에 대한 책임은 반드시 져야 하는 것이다.

사랑은 신이 우리 인간에게 내린 최고의 축복이자 선물이라고 생각한다. 굳이 종교인이 아니더라도 인간에게 있어서 사랑이 얼마나 소중한 가치인지 모르는 사람은 없을 것이다. 그러나 소중한 것일수록 그만큼의 책임이 따른다는 것을 잊지 말아야 한다. 우리는 뉴스 등 여러 매체를 통해 종종 청소년 미혼모에 대한 이야기를 전해 듣곤 한다. 아직 가치관이 정립되기도 전인 10대 청소년 시기에 순간적인 감정에 이끌려 임신을 하고 시기를 놓쳐 아이를 낳을 수밖에 없었던 이들은 평생 동안 섣부른 선택을 했던 그 순간을 후회하면서 살아가게 될 것이다. 대부분의 청소년 미혼모들은 아기를 출산하면 제 손으로 아기를 키우지 못하고 입양시설에 맡겨 두었다가 해외로 입양을 보내게 된다고 한다. 청소년 미혼모로서는 아직 학업을 마치지도 못한 미성년자이므로 입양을 보내는 방법 이외에 현실적으로 다른 선택은 없을 것이다. 그러나 그 미혼모는 자신이 낳은 아기를 연락도 닿지 않는 먼 나라로 보내고 나면 평생 동안 자신의 잘못에 대한 후회를 가슴에 끌어안고 살아야 한다. 사랑을 나누는 순간은 짧지만 그 사랑의 행위로 인해 겪어야 하는 죄책감과 스스로에 대한 자책은 앞으로 삶을 살아가는 동안 엄청난 부담으로 작용할 것이다.

인간에게는 남녀노소를 불문하고 본능적 욕망이 내재해 있다. 오죽하면 전해져 내려오는 옛말에 '숟가락 들 힘만 있어도 잠자리를 한다'라는 말이 있겠는가. 인간은 본능적 욕망의 굴레를 벗어나서 살 수는 없다. 스님이나 신부 또는 수녀와 같은 성직자들도 자신의 욕망을 절제하는 것일 뿐 본능적 욕망에서 완전히 벗어난 상태는 아닐 것이다. 인간이 동물과 달리 본능적 욕망을 벗어날 수 있다는 생각은 과도한 오만에 불과하다. 어느 누구도 본능의 유혹을 벗어날 수는 없다. 다만 수시로 자신을 유혹하는 욕망을 절제하고 견뎌낼 수 있다는 점에서 인간은 동물과 다른 것이다.

동서고금의 역사를 살펴보면 수많은 역사적 인물들이 자신의 성적 욕망을 절제하지 못하여 큰 곤욕을 치렀다는 사실을 어렵지 않게 발견할 수 있다. 《삼국지연의》에는 중국의 4대 미녀 중 한 사람으로 꼽히는 초선이 등장한다. 왕윤의 사주를 받은 초선은 여포와 동탁을 이간질하기 위해 동시에 두 사람을 유혹한다. 최고의 장수이며 양아들과 양아버지 사이이기도 한 여포와 동탁은 초선의 미모와 유혹에 미혹되어 그녀를 사이에 두고 갈등 끝에 여포는 동탁을 살해하고 만다. 초선은 실제 인물은 아니지만 그와 유사한 사례는 많아 경국지색(傾國之色)이라는 말까지 있을 정도이다. 70년대 우리나라에서도 권력자들의 마음을 사로잡고 스스로 돈과 권력에 탐닉하다 결국 비참한 죽음에 이르렀던 정인숙이라는 여인에 대한 소문이 사람들의 입을 타고 전해지기도 했다.

이렇듯 성적 욕망을 절제하지 못하고 욕망의 노예가 되었을 때 자신은 물론 주변 사람들, 그리고 크게는 사회와 국가까지도 잘못된 방향으로 몰고 갈 수 있는 것이다. 최근에도 '미투'로 사회적으로 널리 알려진 유명인들이 평생 쌓아 온 자신의 명성을 하루아침에 내려놓아야 했던 사례들을 우리는 똑똑히 목격한 바 있다.

나는 유흥업소 등을 경영하면서 많은 인간 군상들을 접할 수 있었다. 그중에는 사람들의 부정적인 선입견과는 달리 성실하게 가정을 꾸리고 자신의 삶을 살아가는 사람도 많았다. 그런데 내가 만났던 일부 남녀들과 심지어 상류층 지식인들까지 너무 문란한 생활을 하는 것을 목격하기도 하였다. 이들에게 성윤리란 애초에 존재하지 않는 것처럼 보였다. 지금도 언론 등에 보도되는 사건들을 보면 성윤리는 과거보다 더욱 바닥으로 떨어진 것만 같아서 안타깝다.

사랑은 자신의 행위에 대한 책임을 감당해야 하는 것이다. 반드시 어떠한 형태로든 자기가 저지른 행위에 대한 책임은 돌아오게 되어 있다. 특히 진정한 사랑이 아니라 한순간의 쾌락을 위해 저지른 불장난이라면 그것은 악의 씨앗이 되어 시간이 지난 후 원치 않는 열매를 주렁주렁 달고 나와 혹독하게 자신이 행한 행위에 대한 대가를 요구하게 된다. 그것은 일종의 업보이다. 긴 세월이 지나서야 겨우 자신의 잘못을 깨닫게 되고 많은 희생을 치른 후에 인과응보에서 벗어날 수 있는 것이다.

나는 여전히 성윤리를 저버리고 사는 사람들에게 이렇게 말하고 싶다.

"공중화장실 가서 팬티 내리듯이 쉽게 벗지 마세요. 팬티는 욕망이 아니라 상대에 대한 사랑과 신뢰가 충분히 무르익었을 때 벗는 것입니다."

4

기술, 기량, 여유

    1592의 임진왜란, 1895년 명성황후가 시해된 을미사변 그리고 1905년의 을사늑약과 뒤이은 1910년의 경술국치로 이어지는 역사의 과정을 보면 우리 민족과 이웃한 일본과의 악연은 세계사적으로도 유래를 찾아보기 힘들 정도이다. 해방 이후에도 섬나라 일본과의 악연은 지속되고 있다. 일본은 수시로 독도 영유권을 주장하고 있으며, 위안부와 강제 징용 등 자신들이 과거에 저지른 죄악을 감추기 위해 역사를 왜곡하는 일도 서슴지 않는다. 최근에는 우리나라에 대한 수출 규제 조치까지 이어져 우리 경제에 타격을 주고 있으니 이 악연의 고리가 언제쯤이나 깨지게 될지 암담하기만 하다.

    일본이라는 섬나라에 마치 정해진 운명처럼 수백 년 동안 줄기차게 당하고만 사는 민족도 세계 역사에서 보기 드문 일이다. 한번 당했으면 됐지 계속해서 그 꼴을 당하는 책임은 일차적으로 가해자에게 있지만 일방적으로 피해를 당하는 피해자에게도 가해자 못지않은 문제가 있는 것이다.

개인과 개인의 인간관계에서도 이러한 사례를 종종 발견하게 된다. 상대방에게 함부로 간섭해서 상처를 주는 사람이 있는가 하면 한쪽은 매번 상처를 받으면서도 적절하게 대응하지 못하고 성인군자처럼 내가 참고 용서를 해야지 하면서 그냥 넘어가는 경우가 이에 해당한다. '성인군자'라고 표현했지만 그 속을 들여다보면 단순히 성인군자라고 말할 수 없는 복합적인 심리상태가 존재한다. 실상은 피해자 자신의 마음에 상처가 남아 있으면서도 겉으로는 그것을 너그러움으로 포장하는 경우가 많다. 그래도 한쪽이 참아 줌으로써 더는 해로운 행동을 중지하는 것이 보통인데 그렇지 못하고 오히려 또다른 구실을 찾아 공격적으로 나온다. 그러한 상황이 반복되면 두 사람 간의 관계는 대등한 관계가 아니라 종속적인 관계로 변화되기 십상이다. 피해자는 자신도 모르게 마음이 피폐해져 저항 한 번 제대로 못하는 만만한 존재가 되어 버리는 것이다. 속된 말로 이런 사람을 일명 '호구'라고 부른다. 한 번 호구는 영원한 호구가 돼 버려 상대는 더욱 집요하게 그를 우습게 알고 행동한다.

이렇게 비도덕적으로 상대의 위신을 떨어트려 가며 관여하려는 사람들은 어떠한 비난이나 설득으로도 자신의 행위를 멈추지 않는다. 사신은 항상 옳고 상대는 틀리다는 인식으로 가득 차 있으며 무조건 자신의 말이 기준이 되어 버린다. 그러한 사람은 뇌 속 깊이 가짜 우월의식이 각인되어 있어 자기 스스로 통제할 수 없는 상태가 되어 버린다. 그러한 사람은 본인 자신도 과거에 누구인가로부터 마음에 깊은 내상을 입고 극단적인 증오심에 사로잡혀 살아가는 표시 안 나는 정신질환자일 가능성이 매우 높다.

일반적으로 '소시오패스'라고 불리는 사람들이 바로 그런 이들이다. 소시오패스란, 자신의 목적을 위해서는 수단과 방법을 가리지 않고 잘못을 저지르고도, 이에 대해 전혀 '양심의 가책'을 느끼지 않는 사람을 뜻한다. 그들은 자신이 원하는 것을 얻기 위해서 타인의 권리와 영역까지 침범하는 것은 물론 자신의 행동을 합리화시켜가며 흐뭇한 희열을 느낀다. 학자들의 연구에 따르면 소시오패스는 남들과 다르지 않은 정상적인 기질을 가지고 태어나지만, 유년기 시절의 사회·환경적 결핍 요인에 의해 성격장애를 가지게 된다고 한다. 이들은 평범한 보통 사람의 모습으로 우리들 곁에 존재하면서 계산적이고 치밀한 반사회적 행동을 저지른다. 그 자신도 박해를 받은 불행한 피해자인데 가해자로 바뀌어 버린 것이다.

이러한 성향의 사람으로부터 벗어나기 위해서 할 수 있는 대처방법은 한 가지밖에 없다. 이미 위험수위가 넘었다고 판단되면 주변과 관련된 인간관계를 고려하여 좋은 게 좋다는 생각으로 인내해서는 안 되며 강력하게 대응하는 것이 문제 해결의 지름길이다. 자신을 해치려는 적으로 간주하여 강하게 응징하고 받은 만큼 몇 배로 돌려줘야 한다. 그렇게 맞대응을 하면 깜짝 놀라 꼬리를 내리게 된다.

상대는 강한 것처럼 행동했지만 실상은 열등감 덩어리를 감추기 위해서 그동안 본질을 위장한 '개털'이라는 사실이 드러나게 된다. 교묘한 말로 여러 사람들 앞에서 다른 사람을 깎아내리려는 궁리나 하고 안 좋은 기억만 평생 담고 살면서 상대를 참기 힘들게 만드는 행위는 입으로 흉기를 휘두르는 범죄행위나 마찬가지다. 용서란 용서받을 자격이 되는 사람에게나 하는 것이다. 그러므로 '개털'들에게는 참을성을 발휘해서는 안 된다. 천사처럼 대충 넘어가려 하다가는 나중에 누적된 스트레스로 인해 정신과 약 타러 다니게 될지도 모른다.

반면 언제든 감정을 억누를 줄 알고 생각의 그릇이 큰 '범털'들은 성숙한 성품으로 사소한 것에 예민하게 반응하지 않으며 남에게 무례한 행동을 하기 전에 먼저 이해하려고 노력하는 대범한 자세를 보인다. 웬만한 일은 홀홀 털어버리고 곧 잊어버린다.

나는 심리학자도 아니고 소시오패스에 대한 심도 있는 연구를 해온 사람도 아니다. 다만 그동안 수없이 많은 별의별 근성을 가진 다양한 인간 군상들과 부딪히고 어울려 생활하다 보니 경험하고 실제 보고 들은 것들을 나름 표준에 맞게 대처할 방도를 터득한 것이다.

개인적인 경험을 이야기해 보고자 한다. 나는 스스로 '운동 애호가'라 자부심을 가지고 있을 정도로 운동에 애정을 가지고 있는 사람이다. 운동종목에는 여러 분야가 있지만 공통적으로 모든 운동의 하이라이트는 대련이라고 할 수 있다. 대련은 자신이 가진 기량과 기술을 총 동원하여 상대와 겨루는 것이므로 누구나 이기고 싶은 마음을 가지게 된다. 그런데 오랜 기간 운동을 하다 보니 대련은 승부를 내기 위한 것이 아니라 자기 수련을 위해 필요한 것이라는 사실을 알게 되었다. 마음을 비우니 승리를 하게 됐다는 선수들의 말도 그런 의미일 것이다. 그러므로 운동에서 진정한 가치는 상대와의 싸움이 아니라 나 자신과의 싸움에 있는 것이다.

나보다 센 상대와 만나 패했을 때는 그 상대에게 예의를 갖추고 패배를 인정해야 한다. 그리고 상대가 지닌 기술과 기량을 배우기 위해서는 아랫사람에게도 고개를 숙이고 들어갈 줄 알아야 한다. 상대방의 역량을 파악해야 내가 언젠가는 상대를 제압할 수 있는 힘이 생기는 것이다. 나의 부족함을 알아차리는 안목을 갖추고 더 큰 노력을 통해 두 번은 당하지 않을 실력을 차분하게 쌓아가는 것, 그런 자세가 여유다. 당장 승부에만 관심을 집중시키면 상대로부터 무엇을 배워야 하는지가 보이지 않는다. 이것은 단지 운동에서만이 아니라 사회생활의 인간관계에서도 필요한 것이다. 기술과 기량을 갖춘 자만이 여유를 가질 수 있는 것이다.

1985년부터 1987년 사이에 업무 관계로 일본을 자주 왕래하였다. 일본의 대표적인 브랜드인 후지, 파나소닉, 히타치 제품들을 직접 다루어도 보았고 사용도 해 보았다. 당시 일본 기업들의 기술 수준은 세계 최고였다. 80년대 후반, 후지에서 만든 레이더가 고장이 나서 한국 기술자들이 수리를 하였지만 이틀 동안 원인도 찾지 못했다. 그런데 일본 기술자들이 오더니 몇 시간 만에 고쳐내는 것을 보았다. 30년도 더 지난 팩시밀리 기계의 나사 하나 풀어내는 것도 얼마나 견고하게 만들었는지 뒷마무리가 철저하였다.

1986년 미국이 발사한 우주왕복선 챌린저호가 발사 직후 폭발하는 사고가 있었다. 세계 최초로 민간인 우주비행사가 탑승한 우주선이라 많은 사람들의 관심을 끌었지만 우주선은 산산조각이 나 떨어졌고 7명의 승무원들은 모두 희생되었다. 그런데 그 챌린저호에는 일제 부품이 다수 들어갔지만, 당시 사고의 원인이 된 연료추진기의 연결 부분에 일제 고무패킹 대신 미국 고무패킹을 사용하는 바람에 기름이 새어나가 폭발의 원인이 됐다는 기사를 보았다.

지금은 한국과 일본의 기술 격차가 많이 좁혀졌다고는 하나 일부분을 빼고는 여전히 차이가 존재하는 것이 사실이다. 전문가들에 따르면 전체 산업 분야에서 한국은 기술적 측면에서 일본에 비해 30년이나 뒤처져 있다고 한다. 우리 한국의 입장에서 일본을 상대하기 위해서는 무술 대련의 원리를 따라야 한다. 수세기 동안 일본이 저지른 행위에 대해 단 한 차례만이라도 그들이 했던 대로 똑바로 되돌려 주기 위해서는 일본이 가지고 있는 기술을 배우고 알아내어 더 발전시켜야 한다. 무조건 신념처럼 반대하거나 거부해서 감정적으로 대응해서는 그들이 지닌 노하우와 장점을 배울 수 없다. 기술과 경제력도 밀리는 상태에서 여유까지 잃고 흥분하다가는 또 깨지게 될 것은 불 보듯 뻔한 일이다. 우리의 실력을 갖추고 여유로움을 지닐 때까지는 표정관리하며 고개를 숙일 때 결정적으로 도

약할 순간은 반드시 오게 된다. 그때는 과도하게 힘을 쓰지 않고도 상대를 이길 수 있는 파괴력이 뿜어 나오는 것이다.

인간관계에서든 운동시합에서든 국제관계에서든 일방적으로 어리석게 계속 당하지 말고 상대가 깨우치고 뉘우치도록 나의 실력을 길러 제압할 수 있어야 한다. 그래야 한쪽으로 기울어진 불공평함이 균형 있게 유지되고 자신도 지켜 내는 것이다. 그러기 위해서는 상대의 강함을 인정할 줄 아는 여유로움을 지니고 있어야 한다. 반성하는 능력을 잃어버린 인간, 오만방자한 국가에게 용서, 화해, 사랑과 같은 단어를 제시하는 것은 '병신 삽질'하는 소리다.

임진왜란 이후 400년 넘게 이어온 일본 정부의 오만함을 끝내야 할 때가 다가오고 있다. 동아시아의 '개털'이 얌전해지도록 돌려놓기 위해서 우리는 무엇을 준비해야 할지 여유를 가지고 차근차근 대비를 해야 할 때이다.

5

도박에 손대면 패가망신은 필수

로또 복권에 당첨될 확률을 수학적으로 계산해 보면 약 814만 분의 1의 확률이라고 한다. 로또 한 게임이 천 원이므로 확률적 계산으로만 보자면 81억 4천만 원을 로또 복권 구입비용으로 투자해야만 1등에 한 번 당첨될 수 있다는 계산이 나온다. 최근 로또복권 1등에 당첨되는 경우 받게 되는 당첨금이 평균 20억 원 정도이므로 확률상으로는 로또 복권을 구입하는 행위는 바보 같은 짓이다. 그럼에도 불구하고 복권을 사게 되는 것은 자신에게는 남다른 행운이 찾아올지도 모른다는 착각을 하기 때문이다.

많은 사람들이 도박에 빠지는 이유도 다르지 않다. 합법적으로 도박이 허용되는 정선 카지노 강원랜드 주변에는 대한민국에서 가장 많은 수의 노숙자가 모여 있다고 한다. 이들 대부분이 일확천금의 행운을 노리고 정선 카지노를 찾았다가 가진 돈을 모두 잃고 심지어는 카드깡 등 빚까지 진 사람들이다. 늦었지만 지금이라도 정신을 차려 도박에서 손을 씻고 생업으로 돌아가는 것이 합리적인 선택일 텐데 한 번 도박에 빠진 사람들은 그 구렁텅이에서 헤어나오지 못하는 경우가 대부분이다. 오죽하면 '마약보다 더 중독성이 강한 것이 도박'이라는 말이 있을까.

합법적이든 불법적이든 도박장은 철저한 설계에 의해 만들어진다. 확률적으로 우연히 한두 번 돈을 딸 수는 있지만 지속적으로 도박을 할 경우 반드시 돈을 잃게 되어 있다. 게임을 계속하면 할수록 도박에서 이길 확률은 낮아지도록 설계되어 있는 것이다.

국가에서 합법적으로 인정한 강원랜드도 그러할진대 사설 도박장의 경우는 말할 것도 없다. 정부에서 아무리 단속을 해도 불법 도박장이 적발되었다는 뉴스가 심심찮게 등장하는 이유도 여기에 있다. 도박장에서 유일하게 돈을 따는 사람이 있다면 그것은 도박장을 운영하는 사람이다. 그리고 추가하자면 도박을 하러 온 사람들을 상대로 고리로 돈을 빌려주는 사람도 일정한 이익을 얻게 된다. 즉 도박을 하기 위해 찾아간 사람 중에서는 그 누구도 돈을 딸 수 없다는 것이다. 만일 우연한 행운으로 돈을 땄다고 해도 그 돈은 얼마 지나지 않아서 다시 도박장으로 돌아오게 되어 있다. 매우 드물게 도박으로 돈을 딴 사람이 있다고 해도 그는 그 순간 느낀 쾌감에 중독되어 반드시 도박장을 다시 찾게 되고 결과적으로는 돈을 잃게 되어 있다.

내가 굳이 도박에 대한 이야기를 길게 늘어놓는 데는 나름의 사연과 이유가 있다. 부끄러운 과거의 일들을 고백하는 심정으로 몇 자 적어보고자 한다. 나는 30대에 도박에 빠져 집까지 잡혀 가며 가진 재산을 모두 탕진했다. 그리고 잃은 돈을 만회하겠다는 생각으로 그때 도박장에서 보고 들은 기술과 방식으로 그 세계에 들어가 불법적인 일에 손을 대기도 하였다.

본격적으로 도박의 세계에 발을 디딘 후 속칭 '창고장(도박장)'의 '이'를 맡아보게 되었다. 창고장에서 '이'는 도박장을 개장하는 사람으로서, 말하자면 도박장 전체를 총괄하는 일종의 영업상무 또는 매니저 정도의 역할을 맡은 사람이라고 생각하면 된다. 이 역할을 하면서 나는 일명 도박 전문가인 '타짜'들하고 같은 편이 되어서 '사기도박'을 하기도 했다.

도박의 종류도 유행에 따라 변하는데 70년대부터 현재에 이르기까지 다양한 종류의 도박이 성행하였다. 전통적으로는 '민화투', '알로 구삐', '섯다', '도리짓고 땡', '고스톱' 등이 있는데 이 중에는 최근까지도 도박장에서 많이 이루어지는 것들도 있다. 조금 더 전문적으로는 '아도사키', '훌라', '포커', '바둑이', '바카라·구슬치기', '777', '파워볼', '사다리', '로하이' 등이 있다.

다양한 종류의 도박이 있지만 종류를 불문하고 큰 판이 벌어지면 반드시 작전세력이 붙게 되어 있다. 그리고 결정적인 순간에는 속임수가 들어간다. 작전세력을 구성하는 사람들은 각각의 역할에 따라 이름이 주어지고 이들 모두는 한통속이 되어 움직이게 된다. 우선 도박장에 사람들을 모으기 위해서는 '모집책'의 역할이 중요하다. 이들은 도박판에 사람을 끌어들이기 위해 수소문하는 자들을 말한다. 말하자면 고객을 유인하여 도박장으로 끌어들이는 역할을 하는 사람들이다.

모집책들은 평소 도박에 관심이 많은 사람들의 명단을 확보하고 있다가 도박장이 개설되면 은밀하게 연락을 취해 도박장으로 올 수 있도록 한다. 도박장에 사람들이 모이고 본격적으로 도박장 영업이 시작되면 반드시 밖에서 망을 보는 '문방'들이 배치된다. 도박장은 거의 대부분 불법적으로 운영되기 때문에 혹시 있을지 모르는 단속반의 불시 단속을 대비하기 위해 문방들이 경계를 펴는 역할을 하게 된다. 또한 도박장에는 일명 '꽁지'로 불리는 사람들이 있는데, 꽁지는 고리로 돈 빌려주는 사람을 의미한다. 이들은 도박장에서 가지고 온 돈을 모두 잃은 사람들에게 돈을 빌려주고, 고리의 이자를 받는다. 도박장을 찾는 손님들은 처음엔 자기가 가지고 온 돈의 범위에서만 도박을 하겠다고 생각하지만 막상 돈을 잃고 나면 멈추지 못하고 돈을 빌려서라도 잃은 돈을 복구하고 싶은 충동을 느끼게 된다. 꽁지는 이들에게 부족한 도박 자금을 융통해 주어 도박을 계속할 수 있도록 한다. 그 외에 참가자들을 도박 장소까지 이동시키는 운전사, 모든 잔심부름을 도맡아 해 주는 '박카스 아줌마' 등이 있다. 본격적인 도박이 시작되면 딜러가 화투패를 돌리게 된다.

이러한 과정이 모두 사전에 치밀하게 준비된 계획에 의해 움직이게 된다. 일반인들에게는 잘 알려져 있지 않지만 '재산 추적팀'에서 상대방의 재산을 파악하고 본격적인 작전은 일명 '짱구'라고 불리는 사람들에 의해 이루어진다. 짱구는 몇 명이 서로 한 패가 되어 상대방이 눈치채지 못하게 몸짓으로 몰래 신호를 주고받으며 자기들의 패를 알려 주면서 게임을 진행한다. 말하자면 짱구들끼리 서로의 패를 알고 일종의 사기를 치는 것이다. 짱구들의 사기도박 이외에도 '목 카드'를 이용하여 고객을 속이는 경우도 있다. 목 카드는 일반인은 구별하기 어렵게 미리 카드의 뒷면 무늬에 표시해 놓은 카드를 말한다. 주로 포커 등 트럼프 카드를 이용하는 도박에서 활용되는데, 카드 뒷장에 새겨진 무늬를 교묘하게 다르게 하여 선수들만이 알아볼 수 있게 만들어 상대방의 패를 알 수 있게 만드는 전략에 사용된다.

판을 최종적으로 끝내는 전략 중 하나를 '탄'이라고 부르는데 탄은 미리 세팅된 카드를 기술자가 모두 안심하고 있을 때 상대방한테 상당히 좋은 패를 주고 자기들 선수한테는 이길 수 있는 더 좋은 패를 주어 상대가 가진 돈을 모두 몰빵(올인)하게 만들어 판을 끝내는 것을 말한다. 가령 '섯다'판에서 상대에게 구땡을 주고 같은 편 선수에게는 장땡을 주는 것이다. 그러면 구땡을 잡은 상대는 자신이 이길 것이라고 확신하고 판돈을 모두 몰빵하게 되는 것이다. 포커 게임도 마찬가지다.

도박장 개장비는 속칭 '데라' 또는 '알'이라고도 한다. 데라가 만들어지는 과정을 예를 들어보겠다. 아도사키는 48장의 화투 중 4장을 3장은 안 보이게 뒤집어 놓고 1장은 볼 수 있도록 그 위에 올려서 정해진 자리 앞쪽에 놓은 다음, 똑같은 방법으로 뒤쪽에도 놓아둔다. 도박 참가자들은 양쪽에 있는 패를 보고 원하는 곳에다 액수에 상관없이 돈을 건다. 앞쪽에 백만 원이면 뒤쪽도 똑같은 액수로 백만 원을 걸어야 한다. 그리고 4장의 패를 공개해서 합친 숫자가 높은 패가 이기는 것이다. (풍, 똥, 비는 0이고 예 : 3, 8, 7 똥 = 합 18이면 뒷자리 숫자 8이고, 6, 3, 9, 5 = 합 23으로 뒷자리 숫자 3이다. 합계가 적어도 뒷자리 숫자가 높으면 이기는 것이다.) 9(가보)가 되면 제일 높은 숫자가 된다. 그리고 자기가 베팅한 액수만큼 반대편에서 건 돈을 가져가는 것이다. 그다음 정해진 데라를 떼어내 창고장이가 가져간다.

　아도사키의 경우 비교적 인원도 많고 판돈이 큰 인적이 드문 산으로 가서 하는 산 도박 말고는 보통 10명에서 20명 미만으로 판을 벌인다. 도박을 하는 사람들은 두 군데 있는 앞방, 뒷방 화투패 중 한 곳을 선택하는 것이니 이론상으로는 확률이 50대 50이라고 생각하는데 한쪽이 연속적으로 19번까지 이기는 경우도 있다. 20명이 하루 판돈이 1억이면 아도사키는 진행 속도도 빠르고 당사자들은 게임에 집중하다 보니 느낌이 없어서 그렇지 1박2일 계속 판을 돌리면 데라로 빠져나가는 돈이 10%나 된다. 액수로 따지면 천만 원 가까이 된다. 20명이 30일 이상을 했다면 3억이 데라로 빠져나가는 것이다. 한 사람당 한 달이면 수치상 1,500만 원을 잃게 되어 있고 그날 돈을 따든 잃든 도박에 중독되면 거의 헤어 나오기가 어렵다. 결국 제어가 안 돼 돈을 따면 또 따고 싶고, 잃으면 본전 생각나서 멈출 수 없는 상태가 되어 버리게 된다. 이러한 상태로 1년이면 억, 억! 소리 나게 돈을 잃을 수밖에 없는 전형적인 구조로 되어 있는 것이다. 중독성이 얼마나 강한지 한 살도 안 된 갓난아기를 등에 업고 포대기로 두른 채로 도박에 빠져드는 주부도 있고 차마 글로는 표현할 수 없는 짓을 저지르는 사람들도 있다.

더 큰 화근은 본인 재산만 거덜 내면 다행인데 100명이면 90명은 본전 생각에 부모·형제, 친척, 지인들 돈까지 빼먹다가 자금 조달이 더 안 되면 사기 절도 등 2차 범죄를 저지르기까지 한다. 그러다가 상실감에 빠져 폐인처럼 살다가 생을 허망하게 마감하거나 잠수타(도망가서 숨어 버림) 버린다.

포커 도박에서도 돈을 딸 수 있는 확률을 알고 베팅을 해야 한다. 그러나 침착성을 잃고 배당이 안 좋은 카드로 궁금증을 가지고 무모한 베팅을 하면 대부분 실패한다. 딜러가 배당한 카드 6장을 받고 마지막 한 장 남아 있는 카드에서 같은 숫자 2장, 원 페어에서 같은 숫자 한 장 더 배당되어 3장 될 수 있는 확률은 15%이다. 2장, 2장 투 페어에서 같은 숫자 한 장 더 배당될 확률은 8%, 3장에서 한 장 더 배당될 확률은 3%, 같은 문양의 4장에서 똑같은 문양이 1장 더 배당될 확률은 상대의 보이는 패에 따라 다소 차이는 있을 수 있지만 18%이다. 실력이 비슷한 선수 5, 6명이 게임을 한다면 돈을 딸 수 있는 확률은 20% 미만인데 한 두 차례로 끝내는 것이 아니고 이미 중독되어 지속해서 게임을 하다 보면 결론은 모두가 잃을 수밖에 없다.

어떤 때에는 어느 정도의 간격을 두고 돈 많은 '명품'이 걸려드는 경우가 있다. 그러면 선수들이 처음엔 적은 액수의 돈을 상대가 딸 수 있게 하여 달콤함을 맛볼 수 있도록 흥미롭게 판을 깔아 준다. 그 다음 판을 점점 키워서 어느 순간부터 상대 패를 볼 수 있는 기계장치 또는 기술자의 속임수가 들어가면서 몇 개월 만에 수억 원을 잃게 만드는 사기도박도 하게 된다. 더 큰 문제는 도박판에서 수백·수천이라는 돈이 계속 왔다 갔다 하다 보면 돈이라는 개념도 상실되어 어느 순간부터는 백만 원도 푼돈처럼 느껴지는 지경이 된다. 결국 정상적인 경제관념이 없어져 직장생활은 물론 평소 해 오던 어떤 일도 하기 싫어지는 단계가 된다. 이쯤 되면 완벽한 도박 중독자가 되어 버리는 것이다.

요즘 청소년들까지 온라인사이트 도박에 중독되고 있다고 한다. 청소년들의 경우 특히 한 번씩 베팅한 금액의 몇 배를 미끼로 던져 주는 도박의 유혹에 취하면 헤어 나오기 어렵다. 한 번씩 닭 모이 주듯이 툭툭 던져 주는 먹잇감에 중독돼 현재의 삶을 바꾸려고 마음 먹다가는 돈을 잃는 것은 물론 성격까지 변해 버린다. 앞으로 남아 있는 삶이 창창한데 재미삼아 한두 번 손대는 도박이 인생을 망칠 수도 있다는 것도 모르고 점점 빠져드는 청소년들을 보면 애가 타고 답답하다. 세상 어떤 곳에서도 돈을 딸 수 있는 도박은 절대 존재하지 않으며 공짜는 없다라는 사실을 명심해야 한다. 확률을 알고 나면 절대 해서는 안 되는 것이 바로 도박이다.

　89~90년 당시 아도사키 일인자로 이름을 날렸던 김○수라는 사람이 있었다. 그는 도박 세계에서 유명한 인물로 통하는 이였다. 하룻밤에 수억 원의 판돈을 주물렀던 그였지만 세월이 지난 지금 들리는 소식에 의하면 초췌한 병자가 되어 궁색한 전세방을 전전하고 있다고 한다. 지금도 도박의 유혹에서 벗어나지 못하고 있는 사람이 있다면 '도박왕'의 삶을 반면교사로 삼아 도박과의 인연을 과감하게 끊고 새로운 삶을 준비하기를 진심으로 바란다.

6

사랑은 끝까지 변치 않는 거라고

길을 가다가 노부부가 다정스럽게 나란히 걸어가는 모습을 보면 눈길이 간다. 실제 삶의 궤적은 알 수 없지만, 좋든 싫든 70, 80세까지 해로했다는 것 하나만으로도 인생을 성공적으로 살아오신 분들이라는 생각이 든다. 방송에서도 희끗한 머리칼의 노부부가 함께 나오는 장면을 보면 행복해 보이는 모습이 부럽기도 하다.

뒤돌아보니 나는 인생에서 가장 소중한 청년 시절부터 몸과 마음을 깨끗이 하지 못하고 삐뚤어진 애정관으로 만나는 인연을 귀하게 여기지 않은 것 같다.

맺지 못할 인연의 끈은 인생을 갉아 먹고 아무리 뛰어난 영민한 사람도 어리석고 어두운 사람으로 만들어 버리고, 맺어질 인연의 끈은 무능력자도 능력자로 변화시킬 수 있다고 믿어왔다. 일반적으로 사람들은 다른 사람을 평가할 때 그의 삶에서 일어나는 모든 일들이 스스로 선택한 결과물이라고 단정 짓고 좋든 나쁘든 옳든 틀리든 꼭 집어 말하는 경우가 있는데 이는 인간에 대한 이해도가 부족한 접근방식이다.

언젠가부터 나 자신의 삶과 비교하면서 사회 각 방면의 여러 계층의 사람들과 직접 만나서 그들 개개인의 타고난 기질, 성장기 가정환경, 교육수준, 고유한 특성, 현재의 삶 등을 자세히 듣고 기록을 하였다. 대상자는 교수, 공무원, 종교인, 회사원, 사업가, 군 장교, 살인무기수, 사형수, 강도·사기, 절도·폭력 전과자 등.

이를 통해 수집한 내용을 꼼꼼히 분석해 본 결과 공통적으로 그 사람들이 태어나서 현재까지 이르는 동안 한 사람의 전체적 운명은 세 가지 요인에 의해 영향을 받는 것으로 나타났다. 첫째 부모, 둘째 배우자, 셋째 신(神)이다. 먼저 부모로부터는 유전적 형질을 물려받을 뿐만 아니라 양육 환경과 양육 태도에 따라 그 사람의 성격이나 사회적 지위가 달라질 수 있다. 또 배우자는 이미 성장한 후에 만나는 것이지만 어떤 배필을 만나는가에 따라 화목한 가정을 유지할 수도 있고, 혹은 불화하여 가정이 파탄날 수도 있는 것이다. 두 사람 남녀 간의 인연이라고 말할 수 있겠지만 그 배경에는 이미 부모와 신의 영향력이 개입되어 있는 것이다. 세 번째로 신에 대한 믿음이 돈독한지 아닌지, 혹은 그 신이 인간에게 깨달음을 주고 선으로 인도하는 신인지 아닌지에 따라 그의 삶의 질이 결정되는 것이다.

이들 세 가지 요인 모두에게 좋은 영향을 받은 사람은 엘리트 수준의 성공적인 삶을 살고 있는 경우가 많았다. 그리고 한 가지 요인이라도 좋은 영향을 받은 사람은 적잖은 고난을 겪더라도 목표지향적인 삶을 통해 나중에는 비교적 만족스러운 생활들을 하고 있었다. 그런가 하면 세 가지 요인 모두가 좋지 않은 영향을 끼친 경우, 대부분 희망도 없이 본래의 자리로 돌아가지 못하고 힘든 삶을 살아가고 있었다. 이러한 결론은 100% 맞다고 할 수는 없지만 그렇다고 아주 무의미하거나 황당한 주장도 아니다.

 인간의 성격 형성에 영향을 미치는 요인에 대해서는 교육학이나 청소년 관련 학문, 사회복지학 등 여러 분야에서 많은 연구가 되고 있는 것으로 알고 있다. 여러 관점이 있겠지만 크게 분류하여 유전적·생물학적 요인과 후천적·환경적 요인을 주요 요인으로 꼽고 있다. 어떤 요인이 더 많은 영향을 끼치는지에 대해서는 학자마다 의견을 달리하고 있지만 두 가지 요인 모두 무시할 수 없음은 물론이다. 인간의 삶 역시 성격과 무관할 수 없으며, 어린 시절 형성된 성격은 그 사람의 삶을 좌우한다고 볼 수 있다. 그러므로 한 사람의 삶은 부모로부터 물려받는 유전적 요인에 의한 영향도 있겠지만 부모의 양육 태도와 가족의 사회·문화적 상황 등 환경적 요인에 큰 영향을 받는다. 그리고 그 안에 깊이 들어가 조합을 해 보면 그러한 환경적 요인이 광범위하게 거미줄처럼 연결된 행위에 대해 영향을 미침으로써 그 사람의 삶이 변화되거나 결정되는 것이다. 환경적 요인에 영향을 받은 그 사람의 뜻과 자유로움은 행동 내면에 있는 생각이나 감정이 선행 또는 악행으로 표현됨으로써 각자의 운명이 서로 갈라져 버리는 것이다.

그러므로 어떤 사람의 삶이 잘됐다거나 잘못됐다거나 쉽게 재단하고 비난하는 것은 온당치 않다. 그러한 생각은 어떤 문제나 현상 따위를 아무렇지 않게 대충 보아 넘기는 것이다. 그러기엔 그렇게 될 수밖에 없었던 한 인간의 삶이 너무나도 불쌍하다. 그들이 그렇게 될 수밖에 없었던 것에는 그러한 환경에 노출되도록 내버려 둔 사회적 책임도 있으므로 신중하게 선별하여 온정을 베풀어야 한다. 그러한 연유로 사회적 약자에 대한 돌봄이 필요한 것이며, 오늘날 폭넓은 사회복지의 실시가 더욱 요구되는 것이다.

나는 결혼을 약속했던 여자를 배신한 혹독한 대가를 치르고 있다. 나보다 8살이 어렸던 그녀와 미래를 꿈꾸며 좋은 관계를 유지하고 있었지만 평온함 속에 불행이 숨어 있었다. 다른 여성이 내 마음을 지배하고 있었다. 결혼을 철석같이 믿고 있었던 그녀의 어머니가 찾아와 그녀가 임신했다는 거짓말까지 하며 결혼할 것을 설득했지만 나는 거절했다. 함께 왔던 엄마의 손에 끌려 나가며 나를 바라보던 그녀의 원망스러운 눈빛……. 그 순간에 스쳤던 그녀의 슬픈 눈망울을 지금도 잊기가 힘들다. 등 돌려 떠나가며 미련이 남아 다시 나를 아득하게 바라보며 흘린 그녀의 눈물과 배신의 업보였는지 그 후 다른 여자와 결혼을 했으나 대립하는 일이 잦았고 나는 그런 아내와 화해하거나 이해하려 노력하지 않고 매일 밖으로 돌았고 결국 결혼생활은 종말을 고했다.

첫 여자를 배신한 것이 내 시련의 출발이었을까. 그런 일이 있은 후 이성을 만나도 길게 이어지는 인연을 만들지 못했다. 일찌감치 부모 곁을 떠나 사회에 뛰어들다 보니 화목한 결혼생활의 덕목을 배우지 못했던 탓인지, 아니면 인연을 소중히 여기지 않으며 살던 나에게 신이 벌을 내리셨던 것인지 궁금하다. 배우자의 중요성은 아무리 강조해도 부족하지 않다.

다정한 모습을 보이는 노부부들은 그들의 삶에서 부모와 배우자 그리고 신, 세 가지 요인 중 한 가지라도 좋은 영향을 미쳤음이 틀림없다. 세 가지 요인이 끼치는 영향력은 무서울 정도로 한 인간의 운명을 결정한다. 부모가 화목하게 사랑 속에서 그 사람을 양육했다면 그는 사랑으로 편안하고 아늑한 가정을 만들 것이다. 배우자와의 좋은 인연은 서로 의존하며 노후에 안정된 환경에서 성숙한 삶을 영위할 것이다. 행복한 인생을 위해서는 비록 작은 것이라도 사랑하는 마음이 있고 없음의 차이가 크다. 그렇게 세 가지 요인이 미치는 사랑의 크기에 따라 한 인간의 삶이 좌우되는 것이다.

굴곡진 인생의 뒤안길을 돌고 돌아 60여년의 세월을 살아보니 이제야 진정한 사랑이란 무엇인지 깨닫게 된다. 한 번 선택한 인연은 어떠한 역경을 만나더라도 배신하지 않고 끝까지 사랑해야 하는 것이라고.

7

3일 만에 떠나보낸 '진주'(애완견 이야기)

우리가 어릴 때만 해도 동네 골목에는 개 몇 마리쯤은 골목길을 활보하며 어린 우리들의 뒤를 쫓아다니며 함께 놀곤 했다. 그때의 개들은 주인이 있는 개나 주인이 없는 개나 일명 '똥개'라고 부르는 잡견들로, 사이좋게 놀다가도 가끔은 으르렁대며 아이들에게 달려들어 겁을 주기도 했었다. 골목길을 뛰어다니다 개똥 한두 번 밟아 보지 않은 이는 아마 없을 것이다. 그런데 주거 형태가 아파트 위주로 바뀌면서 어느 때부터인가 그런 주인 모르는 잡견들은 찾아보기가 어렵게 되었다.

요즘은 대부분 마당이 없는 집에 살다 보니 동물을 키우더라도 전원주택 생활을 하는 사람이나 시골을 제외하고는 실내에서 키울 수밖에 없다. 그러다보니 개의 족보를 따져 가며 애완견을 입양하여 키우는 집들이 많아졌다. 이제는 애완견을 넘어 반려견이라고까지

하는 이들도 있다. 가족과 함께 거주하며 밀접하게 접촉하며 생활하니 그렇게 부르는 것도 이해는 되지만 그래도 사람의 욕구 충족을 위해 키우는 것이니 애완견이라는 표현이 더 맞지 않을까 생각한다. 하긴 위험에 처한 주인을, 기르던 개가 구해 냈다는 기사를 종종 접하게 되는 걸 보면 반려라는 말도 일면 수긍이 가기도 한다.

　나도 혼자 사는 외로움을 달랠 겸, 가깝게 지내는 후배에게 애완견을 키우고 싶으니 알아보라고 부탁을 한 적이 있다. 그러자 후배는 애완견도 아이들 돌보듯 손이 많이 가고 정성을 기울여야 하니 섣부른 결정을 하지 말고 좀 더 신중하게 생각하고 나서 천천히 결정하라고 하는 것이다. 그래도 개를 기르고 싶은 마음은 포기하지 않고 있었다. 그런데 어느 날 그 후배가 두 살 된 애완견을 집으로 데리고 왔다. 포항에 사는 처제가 직장생활을 하게 되어 강아지를 키울 수 없는 형편이라 데려왔다는 것이다. 그간 개를 기르던 그 집 아이들은 다른 곳으로 보내지 말라며 울고불고 법석을 떨며 어렵게 이별을 한 모양이었다. 푸들 혈통의 작은 개로 곱슬곱슬한 털로 뒤덮인 눈과 코가 인형처럼 귀여웠다. 경남 진주에서 태어났다고 해서 '진주'라고 이름을 지었다고 한다. 푸들은 털이 잘 빠지지 않는 견종이라 손이 많이 가지 않는다고 하는데 내가 혼자 기르기에 적합할 것 같았다. 그러나 사람을 잘 따르고 좋아하는 견종이라 주인과 떨어지는 걸 싫어하며 심하면 분리불안을 느끼기도 한다고 한다. 내가 집에 없으면 혼자 지내야 하는 형편이라 마음에 걸리긴 했지만 사랑을 많이 주면 괜찮겠거니 생각했다.

   진주가 집에 온 첫째 날, 나는 처음 겪어 보는 동물과의 동거라 설레는 마음으로 목욕도 시키고 나름대로 정성을 들여가며 조심스럽게 접촉을 했다. 그런데 진주는 환경이 바뀌어서 그런지 계속 헤어진 주인을 기다리듯이 문 쪽으로만 시선을 두었다. 어쩌다 힐끔힐끔 나를 쳐다보고는 내 옆으로 다가와 다정한 듯 앉았다가도 다시 문 쪽으로 이동을 하였다. 불안해하는 모습이 측은하고 안쓰러워서 머리를 쓰다듬고 가슴에 안아주며 안정을 시켜 주려고 노력했다.

   둘째 날 새벽, 늘 하던 대로 오전 5시쯤 아침 운동을 가기 위해 옷을 입고 나가려고 하는데 진주가 낑낑대며 일어나더니 펄쩍펄쩍 뛰면서 내 앞을 가로막았다. 목덜미를 몇 차례 쓰다듬어 주어 달래 놓고 아파트 문을 닫고 나서자 문 쪽을 발로 차면서 보통 그냥 짖는 게 아니라 우우 소리를 내면서 울부짖었다. 내가 멀어지면 곧 조용해지겠지 생각하고 아파트 4층에서 1층까지 내려가는데 멈추지 않고 계속 짖어대는 바람에 평소 작음 소음도 없이 조용하던 아파트에서 새벽 시간에 느닷없이 개가 울부짖으니 주민들의 새벽잠을 깨울 것이 분명했다. 이웃에 피해가 걱정 되어 황급히 집으로 다시 들어가자 그제야 짖는 것을 멈추고 나를 응시하며 안기듯 내 주위를 맴돌았다. 아침 일찍 등산하는 습관화된 나의 운동은 포기해야 했다.

   낮에도 일 때문에 수시로 나가야 하는데, 내가 외출복으로 갈아입는 자세만 보여도 진주는 반복적으로 뛰면서 앞다리로 나를 툭툭 치며 옷 입는 것을 방해하는 것이다. 대낮이라 짖는 소리가 요란스러워도 무시하고 그냥 나와 버렸지만 밖에 나가 일을 보면서도 신경이 쓰이고, 밥을 먹으면서도 마음이 편하지 않았다. 빨리 집으로 들어가야 한다는 생각에 운전할 때도 마음이 다급해졌다. 진주가 내 일상 전체를 흔들고 있는 것이다. 집안에 들어가면 나를 보고 반갑게 꼬리치고 기뻐 날뛰는 것은 좋은데 내가 없는 동안 얌전히 있지 못하고 집안 구석구석 가벼운 물건들은 다 헤집어 놓고 장난을 많이 쳤다. 배변도 지정된 자리에다 스스로 찾아 잘 하더니만 스트레스를 받아서 그런지 아니면 반항하는 건지 안방에다가 실례를 하고 난장판으로 어질러 놓았다.

　남들이 기르는 애완견을 보고 예쁘고 귀여운 것만 생각하여 나도 사랑스럽게 강아지를 키우고 싶은 마음으로 즉흥적인 결정을 했던 것이 문제였던 것 같다. 각자 동물들이 지니고 있을 특유의 행동과 몸짓으로 보내는 신호, 표정으로 말하려는 것들을 파악하고 함께한다는 것은 생각보다 훨씬 어려웠다.

　요즘 인기 있는 애완견 훈련 TV 프로그램에 나오는, 개통령이라고도 불리는 전문가를 보면 개의 작은 몸짓이나 행동만 보고도 그 개의 심리 상태나 하고자 하는 의도를 파악하는 것을 볼 수 있다. 사람끼리도 얼굴 표정을 보고 그 사람의 마음을 파악하기가 어려운데, 말도 하지 못하는 동물의 몸짓이나 신호로 욕구를 알아챈다는 것은 정말 놀라운 일이 아닐 수 없다. 그러나 개를 처음 길러 보는 나로서는 개가 원하는 것이 무엇인지를 파악하는 것은 불가능한 일이었다. 안정된 가정에서 사랑받으며 생활하던 진주는 갑작스럽게 환경이 바뀌면서 정신적으로 혼란스러웠을 것이다. 또 푸들이라는 견종 자체가 사람을 잘 따르고 좋아하여 주인과 떨어지는 걸 싫어한다는데 내가 외출을 할 때마다 불안했을 것이다.

끝까지 책임지고 갈 자신이 없었다. 동물과 함께할 수 있는 자세도 갖추지 못하고 기분 내키는 대로 행동했던 것이다. 진주가 만족할 만한 좋은 곳으로 입양을 보내기로 하고, 마땅한 가족을 물색하였다. 평소 동물을 무척 좋아해 유기된 애완견과 고양이를 키우고 있는 무명 여자 가수에게 그간의 사정을 설명했다. 우연인지 적임자가 있다며 바로 연락이 와 여수에 사는 남진 씨의 모창가수 '남진이' 씨에게 입양을 보내게 되었다.

남진이 씨는 얼굴 생김새부터 목소리까지 가수 '남진' 씨를 꼭 빼닮아 여러 군데 방송에도 출연하며 모창가수로 이름을 날리고 있는 분이다. 그는 무대 매너까지 남진 씨와 판박이라는 평가를 받는다. 얼마 전에는 MBN의 다큐 프로그램에 영화배우만큼 잘생긴 아들과 함께 출연하여 전국적으로 얼굴을 알리기도 했다. 그런가 하면 그는 여수에서 '남진이네 게장, 갈치명가'라는 큰 식당을 운영하는 사장이자 어부이다. 일주일에 두세 번씩 배를 타고 바다로 나가 갈치와 열기, 볼락, 오징어 등 다양한 물고기를 직접 잡아와 손님 상에 제공한다고 한다. 가끔씩 원하는 손님이 있으면 즉석에서 남진 씨의 노래를 불러 손님들에게 즐거움을 선사하기도 한다. 성실하게 살아가는 분 댁으로 진주가 입양 갔다고 생각하니 다소 마음에 위안이 되었다.

　얼마 후 남진이 씨가 애초 소개해 준 무명 여자가수를 통해 동영상과 함께 진주의 소식을 전해왔다. 가족들의 사랑을 받으며 넓은 장소에서 뛰어 노는 진주의 모습을 보고 마음이 놓였다.

　내 욕심을 접고 입양 보내기를 정말 잘했다는 생각이 든다. 그 집에서는 진주 이름을 남진 씨의 히트곡 제목 '둥지'를 따서 둥지로 부른다고 한다. 진주가 노래 가사처럼 지난날의 아픔은 잊어버리고 안전한 둥지에서 행복하게 살았으면 좋겠다.

　"둥지야, 좋은 가족 만났으니 행복하게 잘 살아라."

8

얘들아, 그때는 미안했다

　요즘에는 신용정보회사라고 하여 채권자로부터 의뢰를 받아 채무자가 갚지 않은 빚을 대신 받아주는 업체가 많이 알려져 있다. 채권자로부터 채무자가 갚지 않은 빚을 넘겨받아 대신 받아주는 것을 채권 추심이라고 하는데, 채권자의 위임을 받은 채권 추심 업체는 일정 비율의 수수료를 받고 일을 대행해 주는 것이다. 이들 채권 추심 업체들은 일정 자격 요건을 갖추고 재정경제부의 인가를 받아 합법적으로 업무를 진행한다. 그런데 이렇게 인가 받은 신용정보회사에서 취급하는 채권은 주로 카드회사나 백화점, 대형 유통업체 등 대기업의 채권이고, 개인 간 채권은 아직도 불법 추심이 종종 이루어지고 있는 것으로 알고 있다. 요즘 방영되고 있는 드라마에서도 주인공의 지인이 사채업자에게 돈을 빌리고, 눈덩이처럼 불어난 빚을 갚지 못해 불법 추심을 하는 이들에게 폭행을 당하는 장면이

나온다.

　족히 20년 전쯤 나는 받기 어려운 채무를 위임받아서 돈 받아내는 일을 하러 다닌 적이 있었다. 일을 의뢰받으면 먼저 채무자의 현재 상태와 나이, 가족 상황 등을 파악한 후 의뢰인과 배분을 결정한다. 보통은 50대 50으로 분배를 하지만 갚을 능력이 되면서도 갚지 않고 버티는 채무는 의뢰인이 60, 내 몫은 40으로 정한다. 반면 받기가 어려운 악성 채무는 우리가 70이고 의뢰인은 30으로 합의한다. 채권을 회수하기 위한 업무의 난이도에 따라 의뢰비용을 책정하는 것이다.

　어느 날 지인을 통해 50대 여성이 일을 의뢰해 왔다. 3천만 원을 빌려주고 초기에는 이자만 받았는데, 점점 이자를 연체하더니 이제는 원금도 이자도 못 받고 있다는 것이다. 채무자는 합천에서 컴퓨터 관련 사업체를 운영하다가 많은 사람에게 빚을 지고 잠적해 버린 상태라고 한다. 내용을 확인하고 판단을 해 보니 사기죄도 성립이 안 되고 연락도 끊겼으며 현실적으로 돈을 갚을 여력이 없어 보였다.

　주소지에 적혀 있는 집으로 찾아갔으나 채무자 부인은 보험회사에 다니고 있었고, 사는 집은 전세였는데 부인 명의로 되어 있어서 돈을 받아내기가 쉽지 않은 악성 채무다. 부인의 말은 남편이 잠적해서 연락도 안 되고 자세한 내용도 알 수 없으니 자신도 답답하고 힘들다며 전형적인 영양가 없는 껌 씹는 소리만 하고 방문 자체를 차단하는 것이었다. 첫 느낌에 남편이 저지른 행위로 타인이 입은 금전적 손실에 대해서 아무런 양심의 가책도 느끼지 않는 것 같았다. 아마도 빚쟁이에 너무 시달린 나머지 이젠 면역력이 생긴 듯, 남편이 돌아오면 얘기해 보겠다며 철지난 판에 박힌 한가한 말만 되풀이하고 있었다. 이런 경우에는 대부분의 채권자들은 여러 가지 방법을 시도해 보다가 결국 지쳐 떨어지는 경우가 허다하다. 나중에 채무자가 형편 좋아지면 조금씩 갚겠지 하는 실현 불가능한 희망만 안고 속절없이 기다리다 세월이 지나면서 그대로 포기하고 끝내게 된다.

이 같은 채무는 일반사람처럼 말로 해서는 돈을 받아내기가 어렵다. 채무자와 가족들을 흔들 수 있는 약점을 찾아내어 일을 진행하기로 했다. 채무자가 전직 고교 교사로 사범대 출신이고 채무자의 고등학생 딸과 초등학생 아들이 공부를 잘하는 우등생이라는 사실과 부인의 친정아버지가 과수원을 운영한다는 것도 알아내었다.

보통 부모들은 자신이 아무리 힘든 상황이어도 자기 자식에게만은 최선을 다하려고 한다. 더구나 전직 교사 출신이니 아이들 교육에 관심이 많을 것이며 게다가 자녀들이 공부를 잘 한다니 그 아이들의 장래를 위해서는 더욱이나 신경을 쓸 것이라는 계산이었다. 부인의 친정이 어느 정도 살만해 비빌 언덕이 있다는 것도 채권 회수에 유리한 조건이었다.

가족을 이용해 채무자를 정신적으로 압박하기로 하고 다음 날부터 하수인들 몇 명과 부인이 근무하는 보험회사 사무실로 찾아갔다. 앞전 집에서와는 달리 색깔 바꿔 의도적으로 시끄럽게 소란을 피웠다. 집에서와 달리 직장 동료들이 있는 곳에서는 아무래도 사태의 심각성을 더 크게 느낄 것이다. 우리는 사무실 직원들이 경찰에 신고할 때까지 필수적인 행동을 보여 주었다.

다음날에는 2인 1조로 딸이 다니는 고등학교와 아들이 다니는 초등학교 교실까지 직접 찾아 들어갔다. 수업 중인 초등학교 3학년 ○○이의 담임인 여선생님에게 정중하게 예의를 갖춰 ○○이 먼 친척 아저씨인데 시간이 없어 학교로 잠시 들렀다며 양해를 구하고 복도로 아이를 불러내었다. 워낙 겸손한 태도로 대하니 선생님도 별 의심을 하지 않고 아이를 만나게 해 주었다. 짧은 시간이었지만 ○○이를 통해 아빠가 가끔 집에 온다는 사실과 연락처도 알아냈다.

채무자 장인의 과수원도 찾아가 사위의 빚을 대신 갚을 것을 강요했다. 지금은 가족을 통한 이런 행위가 신고되면 공갈, 협박, 불법 추심으로 처벌을 받지만 20년 전만 해도 그런 행위에 대한 처벌 기준이 경미해 가능한 일이었다.

초등학생 아들한테 알아낸 전화번호가 있었지만 채무자와 직접 통화할 필요는 없었다. 이미 오늘 전개된 모든 사태를 알고 있을 부인에게 저녁시간 때에 찾아가 남편 연락처를 건네주면서 자녀들이 학교에서 마음 편하게 학업에만 전념할 수 있도록 협조하라고 무형의 압력을 가했다. 그렇게 심리적 테러를 가족을 통해 남편에게 제대로 전달되도록 고약하게 몰아붙였다. 그때 연락처를 알려 준 초등학생 3학년 아들은 나를 보자 두려운 듯 얼굴을 무릎에 파묻고 고개를 떨군 채 흐느껴 울고 있었고, 고등학생 딸은 핏기 없는 얼굴로 우리를 바라보았다. 채무자의 부인도 앞서 방문 때와는 다르게 뇌진탕이라도 맞은 듯 넋이 나간 표정이었다.

며칠 후 압박이 제대로 먹혔는지, 제정신으로 돌아왔는지 채무자에게서 만나자는 연락이 왔다. 채무자는 우선 자동차를 맡기고 돈을 마련하여 그동안 밀린 이자의 일부라도 갚겠다고 하였다. 나는 돈을 갚겠다는 이행각서를 받은 후 원금 3천만 원을 수차례에 걸쳐 모두 받아냈다.

그때 학교 복도에서 진짜 친척 아저씨인 줄 알고 아빠 연락처를 알려 줬는데, 잘못된 상황임을 알고 그날 저녁 찾아간 나를 두려운 눈빛으로 바라보며 흐느껴 울던 초등생 ○○이를 생각하면 많은 세월이 흘렀지만 지금도 마음이 아프다. 원금 외에 이자 부분도 시일을 두고 충분히 받아낼 수 있었지만, 포기하게 만든 것은 ○○이 모습 때문이다. 친척 아저씨라는 거짓말에 자기 딴에는 아버지를 도와줄 사람이라고 생각해 연락처를 알려 주었을 텐데, 어린 아이에게 마음의 상처를 준 것만 같아 늘 생각하기 싫은 장면이다.

지금은 개인정보 보호에 관한 법률이 시행되고 또 어린이들을 대상으로 한 범죄가 늘어나면서 아마도 부모 외에는 학교를 방문하는 것이 금지되어 있는 것으로 안다. 그런데 당시만 해도 개인정보나 어린이 보호에 대한 개념이 없던 때라 누구나 학교에 드나들 수 있었던 것이다.

그 뒤로는 어린 학생들이 있는 집안의 채무 의뢰는 모두 거절했다. 아이들을 이용한 추심행위는 사람이 할 짓이 아니다.

"○○아, 그때는 정말 미안했다."

9

무서운 돈

"돈은 인생의 축소판이다." -스피노자

현대 사회에서 사람이 생활하는 데 있어 돈은 꼭 필요한 것이다. 이렇게 인간의 삶에 꼭 필요한 돈을 필요한 만큼 벌어 규모 있게 쓰면 좋겠지만 현실에서는 그렇지 못한 경우가 많다. 그러다 보니 돈을 빌려야 하는 상황이 생길 수밖에 없다. 은행이나 제2금융권에서 빌릴 수가 있다면 그나마 다행이지만 급전을 빌려야 할 형편이거나 담보가 없는 사람, 또는 신용도가 낮은 사람들은 사채를 이용할 수밖에 없다.

그런데 사채를 이용하는 사람들을 보면 비슷한 공통점이 있다. 돈을 무서워하지 않는다는 것이다. 가진 돈은 없고 쓸 곳은 급하다 보니 내 돈, 남의 돈에 대한 개념이 무더져 있다. 높은 이자를 주고라도 돈을 빌리려는 사람들 대부분은 이미 은행이나 제2금융권 등에서 대출받기가 어려운 사람들이다. 그중에는 사업상 갑자기 급전이 필요한 사람이나 은행권 서류가 복잡하고 귀찮아서 찾아오는 사람도 있지만 대부분은 이미 다른 곳에서 빚 독촉을 받고 있는 상태이거나 신용불량인 경우이다. 그들은 사채를 쓰고는 정해진 날짜에 갚으면 문제가 없지만 그렇지 못하고 약속기일에 원금 상환이 제때 안 지켜지는 경우도 있다. 다시 높은 이자를 주고 날짜를 연장하며 돌려막기로 버티다가 어느 시점에 와서는 이자까지도 연체하게 되면 상황이 심각해진다. 그러면 사채업자는 연체된 이자를 원금으로 포함하는 꺾기 방식으로 또 이자를 받아낸다. 이런 식으로 버티어 나가다 보면 원금 상환이 점점 어려워지고 본인도 모르게 빚은 원래 빌린 금액의 몇 배, 몇 십 배까지 늘어난다. 결국에는 직장생활도 힘들어지고 영세한 자영업자들은 점포를 처분해야 하는 상황까지 간다. 돈 몇 백만 원을 우습게 알고 확실하게 돈 갚을 방안도 없는 채로 사채에 접근했다가는 반드시 곤혹을 치르게 된다.

사채업자의 기본적인 영업 매뉴얼에는 1단계, 2단계, 3단계로 나뉘어 돈을 받아내는 방식이 있다. 1, 2단계는 채무자들이 그런대로 견뎌 낼 수 있지만 3단계까지 가면 거의 버텨 내기 힘들다. 처음에는 사람을 무기력하게 만드는 위압적인 협박성 전화로 독촉을 하다가 성의를 보이지 않으면 직장 및 자택을 방문하여 타인이 보기에

민망할 정도로 망신을 준다. 이른 아침 시간에 채무자 집을 찾아간다. 채무자 집은 먼저 방문하지 않고, 일부러 앞집, 옆집 또는 아파트 아래층, 위층 등 주변의 10가구 정도를 정해서 이웃집의 벨을 누른다. 대문을 두드려가며 그 집이 채무자의 집인 줄 아는 것처럼 채무자 이름을 큰 소리로 불러 문을 열게 만든다. 대부분 사람들은 집을 잘못 찾아왔다거나 그런 사람 모르겠다고 하는 경우가 많지만 어떤 사람은 친절하게 채무자의 집까지 가르쳐 준다. 아침부터 이 집, 저 집 개 짓는 소리와 함께 한바탕 온동네 시끄럽게 고의적으로 소란을 떨고 난 다음에 마지막으로 채무자 집을 방문한다. 집을 잘못 찾아 벨을 누르고 대문을 두드리는 것은 법으로 저촉 받을 사항이 아니기 때문에 이러한 수법을 이용하는 것이다.

이웃집을 두드리는 동안 채무자 가족들은 이런 사태를 파악하고 있으며 심리적 압박을 받고 있을 것이다. 이웃들은 우리의 태도와 말투를 보고는 대충 어떤 사람들인지 짐작을 할 것이다. 주변 사람들로부터 채무자의 평판을 나쁘게 만들고 돈을 갚지 않으면 계속 찾아와 이 동네 살기 어렵게 만들겠다고 경고하는 것이다. 더러 빚 독촉에 시달려 이사를 가 버리는 사람도 있는데, 외국으로 가면 모를까 사채업자는 국내 어디로 도망가도 경찰서 형사들보다도 더 빨리 찾아낸다.

좀 더 심한 난계는 계약 당시에 채무자에게 따낸 전화번호를 가지고 사위, 며느리, 사돈, 아들, 딸, 부모, 친척, 친구들 연락처까지 전부 동원해서 채무 사실을 알리고 법 테두리를 벗어난 정밀하고 교묘한 수법으로 대신 돈 갚을 것을 강요한다. 그러면 채무자는 정상적인 일상생활이 어려울 정도로 치명적인 정신적 타격을 받는다. 이와 같은 독촉 행위는 모두 불법이지만 일반 사람들이 대응하기는 쉽지 않다. 그래서 간혹 창피함과 인격적 모독을 견디지 못해 자살하는 사람이 생겨나는 것이다.

돈을 받아내기 위해서 지나칠 정도로 독촉을 하다 보면 안쓰러운 마음이 들 때도 있다. 정말 돈을 마련할 길이 없어 빚을 청산하기가 어려운 사람들에게 사채업자의 시달림에서 벗어날 수 있는 몇 가지 방법을 알려드리고 싶다. 용기를 가지고 적극적으로 활용해 보기 바란다.

먼저 '대부업 등의 등록 및 금융 이용자 보호에 관한 법률'을 위반했는지 여부를 살펴 법의 보호를 받도록 한다. 길거리에 뿌려지는 명함이나 전단으로 홍보하는 사채는 대부업으로 등록을 했든 등록하지 않았든 모두 불법이다. 또 법정이자는 연 24%를 넘을 수 없다. 예전에는 60%까지 이자를 받을 수 있었으나 김영삼 정부 때 48%로 낮추고, 그 후 32%를 거쳐 2018년 이후 24%까지 낮춰진 것이다.

법정이자가 24%라는 것은 100만 원을 빌렸으면 1년에 24만 원의 이자만 내면 된다는 뜻이다. 그 이상 받으면 이자 제한법 위반으로 처벌받는다. 사실 연 24%도 제도권 금융에 비하면 높은 이율이다. 그러나 이것을 지키는 양심적인 사채업자도 있을 수는 있지만 장담하건대 거의 없다. 사채업자들은 싼 이자라는 홍보 내용과는 다르게 중개 수수료라는 명목으로 적게는 10%에서 많게는 30%까지 여러 가지 이유를 대고 원금에서 공제한다. 법정이자 외 어떤 명분의 추가 요구도 불법이다. 이를 위반하면 1년 이하의 징역, 또는 천만 원 이하의 벌금을 부과한다.

두 번째, '채무자 대리인 제도'를 활용한다. 간단히 말해 채권자의 추심 전화를 대신 받아주는 제도이다. 전화는 물론 방문, SNS 등 모든 접근이 금지된다. 돈을 받기 위해 전화 또는 시도 때도 없는 방문 등을 통해 독촉하고, 심지어 타인에게도 채무 사실을 알리고 빚을 대신 갚으라고 강요하는 등 공갈·협박을 당하다 보면 휴대전화 벨소리만 울려도 기를 펴지 못하고 힘에 눌리게 된다. 이런 경우에는 금융복지 상담센터나 대한법률 구조공단에 찾아가서 상담하고 조건이 되면 채무자 대리인을 정해 준다. 그러면 채권자는 채무자 대리인을 통해서만 협상할 수 있고 채무자에게는 일절 연락이 봉쇄된다. 채권자가 이를 위반 시 과태료 2천만 원이 부과된다. 채무자 대리인 지원대상은 미등록, 등록 대부업자로부터 불법추심 피해를 입었거나 피해를 입을 우려가 있는 사람들이다. 최고금리 연 24% 초과 대출을 받은 사람이 신청할 수 있다. 2014년부터 시행된 제도인데 초기에는 대리인 선임 비용이 들어갔지만, 올해부터는 범죄 피해자 보호 측면에서 국가에서 전액 지원해 준다.

세 번째, '부당이득 반환 청구 및 채무 부존재 확인' 소송 제도를 이용한다. 앞서 말했듯이 현재 사채의 법정 최고금리는 연 24%이다. 사채업자한테 500만 원을 빌렸는데, 원금을 1년 안에 갚지 못하고 이자도 자주 연체하게 되면 연체료, 꺾기 등으로 보통 이자로만 600만 원에서 1,200만 원 정도 부담해야 되는 경우도 있다. 물론 그렇지 않은 예도 있지만 독한 사채업자에게 걸리면 이자로 1,800만 원 이상도 나가게 되어 있다. 이럴 경우 부당이득 반환 청구소송을 통해 초과 지급한 이자를 돌려받을 수 있다. 예를 들어 500만 원을 빌리면 법으로 정해진 이자는 120만 원인데, A라는 사람이 이자로 600만 원을 지급했다면 부당이득 반환 청구를 통해 480만 원을 돌려받을 수 있다. 만약 원금 5백만 원을 아직 못 갚았다면 20만 원만 더 지급하면 5백만 원에 대한 채무 관계는 없어지는 것이다. 이자로 천만 원이 사채업자에게 건네졌다면 오히려 380만 원을 돌려받을 수 있다. 물론 원금 5백만 원도 갚을 의무가 사라진다. 과도하게 지급한 이자를 원금으로 상쇄하는 것이다. 채무를 전부 청산했더라도 법정이자보다 초과해 지불한 이자는 법원에 반환청구 소송을 하면 돌려받을 수 있는 것이다.

위 사례가 해당되면 증빙서류나 근거를 가지고 지역 경찰서 지능범죄 수사팀에 고소하면 수사에 착수하고 사채업자를 출두시켜 조사를 한다. 간혹 보복이 두려워 고소를 망설이는 사람들이 있는데, 사채업자들이 나름 법을 꿰뚫고 있는 사람들이라 고소를 당하고 나면 보복행위 같은 그런 어리석은 행동을 하는 사람은 요즘엔 거의 없다. 그러나 사채업자를 상대하기가 쉽지만은 않다. 그런 업은 아무나 할 수 있는 것도 아니고, 세상의 온갖 쓴맛, 단맛 모두 맛보고 흔치 않은 삶을 살아온 사람들이다. 진성성을 가지고 정말 채무를 변제할 형편이 안 될 때 도움을 요청해야지 그렇지 않고 불순한 의도를 가지고 법의 약점을 이용해서 상습적으로 돈 떼먹을 장난질치다가 A메이커한테 잘못 걸리면 감당하기 어려운 대가를 치를 수 있음을 명심해야 한다.

사채라는 것이 사회적으로 문제를 일으키는 경우도 있지만 당장 돈이 급한 서민들이나 신용불량자, 장사자금이 꼭 필요한 사람들에게 빠르게 금전을 제공해서 기분 좋게 사용하고 기분 좋게 갚는 사람들도 있다. 나름 필요한 사회의 구성원이고 경제적으로 살펴보면 돈의 흐름을 원활하게 해 주는 역할도 한다. 처음부터 나쁜 선입견을 가지고 사회에 해를 끼치는 위험한 업체로 지나치게 법의 잣대를 적용하는 것도 옳지 못하다. 왜, 은행에서 서민들 누구나가 저렴한 이자로 돈을 빌려 쓸 수 있는 사회가 되지 못했는가? 왜, 사채가 비싼 이자인 것을 알면서도 신중하게 생각해서 결정하지 못하고 곤경에 빠지게 되었는가? 저 물음표가 없어지는 사회가 되면 불법사채도 사라질 것이다.

최근 국회에서 법정 최고 이자율을 연 10%로 제한하는 법률이 발의되었다. 그러나 사채업뿐 아니라 저축은행이나 카드사의 평균 대출금리가 10%를 웃도는 상황에서 이번 법안 발의는 실효성이 없다. 특히 사채업에서는 수수료, 공증비 등의 명목으로 공제하는 비용이 있기 때문에 법정이자만 믿고 쉽게 접근해서는 안 된다.

돈은 쓰기는 쉽지만 갚기는 어렵고 벌기도 쉽지 않다. 아무리 돈이 급해도 되도록이면 사채 돈은 묻지도 쓰지도 말아야 하고 돈은 자신이 벌 수 있는 범위에서 아껴 쓰고 잘 사용해야 한다.

돈을 빌리는 행위도 중독성이 있어서 자주 빌리다 보면 중독이 되어 돈의 무서움을 체감하지 못하게 된다. 그동안 겁 없이 사채 돈을 빌려 쓰다가 가정이 파탄 나고, 수십 년 살았던 정든 고향 떠나 떠도는 하이에나 같은 신세로 전락하는 경우를 수없이 눈으로 직접 보아 왔다.

돈 무서운 줄 알아야 한다.

3부

인격의 가면을 벗고

/

독수리 타법

"틱, 틱, 틱, 틱틱, 틱, 틱티틱, 틱……"

내가 노트북 컴퓨터 자판을 두드리는 소리다. 일명 독수리 타법이라 부르는 양손의 검지를 이용하여 입력하는 방법이다. 독수리 타법이란 컴퓨터 키보드를 칠 때 모니터는 보지 않고 입력할 키를 하나하나 찾아가며 양손의 두 번째 손가락인 검지로 입력하는 것을 말한다. 대부분 초보자나 따로 키보드 입력 방법을 교육 받지 않은 이들이 주로 사용하는 방법이다. 독수리라고 하는 이유는 집게손가락만을 이용해 글자를 입력하는 모습이 마치 독수리가 먹이를 쪼는 모습과 비슷하기 때문이다.

요즘 젊은 사람들은 어려서부터 컴퓨터를 사용해 왔기 때문에 자판을 두드리는 실력이 능숙하다. 은행이나 사무실에서 젊은이들이 컴퓨터 자판을 치는 모습을 보면 손가락을 움직이지도 않는 것 같은데 모니터에서는 글자가 빠르게 입력되는 것을 볼 수 있다. 그런데 우리가 학교를 다니던 시절만 해도 퍼스널 컴퓨터는 아직 구경도 못할 때라 글을 쓰려면 일일이 펜을 이용해 노트에 적어야만 했다. 간혹 타자기를 이용하는 사람들도 있었지만 일반 가정에서 타자기를 소유하고 있는 집은 거의 없었다. 그리고 타자도 은행이나 사무직 취업을 목적으로 하는 상업학교에서나 배울 수 있었다. 그러니 지금 누구나 PC를 이용하는 시대가 되었지만, 아마도 우리 세대들 중 컴퓨터를 사용할 줄 아는 사람이라 해도 대부분은 독수리 타법으로 자판을 치리라고 본다.

삼사십 대쯤이었을 것이다. 그 당시만 해도 학력이 권력이던 시절이었다. 현재 우리나라 대학 진학률은 세계 최고 수준으로 70%를 육박한다는데, 내가 학교 다닐 때를 생각해 보면 명문 고등학교를 제외하고는 한 반에서 대학을 가는 이들이 10% 이내를 맴돌았을 정도였다. 부모님들도 고등학교만 졸업시키면 웬만큼 가르쳤다고 생각했던 시절이었다.

그만큼 제대로 배우지 못한 사람이 많았고, 나이 드신 어른들 중에는 문자를 모르는 분들도 허다했다. 자기 이름도 쓸 줄 모르니 답답하기도 하고 사회생활을 하면서도 무시를 당하셨을 것이다. 젊어서는 먹고 사느라 바쁘게 지내다가 까막눈을 어떻게든 떠보겠다고 늦은 나이에 글을 배우러 다니는 분들의 이야기가 종종 신문에 실리곤 했다. 이제 내가 그 나이가 되다 보니 그분들이 얼마나 용기를 내어 도전하셨을지 이해가 되지만, 그때만 해도 나는 '그 나이에 배워서 뭣하나? 그냥 대충 편하게 사시지 않고…'라고 생각했었다.

요즘은 평생교육이라고 해서 학생이 아니라도 자기계발을 위해 학원이나 평생교육기관에 다니며 공부를 하는 이들이 많다. 전에는 학교를 졸업하면 공부는 끝난 것으로 생각하던 때가 있었다. 하지만 1999년에 원래 있던 '사회교육법'을 '평생교육법'으로 개정하면서, '교육'이란 평생 동안 지속되어야 하는 것으로 인식하게 되었다. 또 종래의 학교 교육 위주에서 탈피하여 학교 외 교육, 즉 가정교육과 사회교육까지 아우르는 개념으로 변화했다. 이제는 직장에서도 직원들의 업무 능력 향상과 자기계발을 위해 교육·훈련을 지원하고 있는 곳도 많아졌다. 교육을 받으려는 이들도 적령기에 학교 공부를 하지 못해 뒤늦게라도 배우려고 하는 사람도 있지만, 사회가 빠르게 변화하다 보니 적응하기 위해 추가적으로 공부를 하려는 사람이 많다.

나도 진갑을 넘은 나이지만 대학의 평생교육원과 학원을 다니며 인문학 강좌, 글쓰기 등 적성에 맞는 프로그램을 찾아 여러 과목을 수강하고 있으며 하루하루가 변하는 생활에 적응하기 위해서는 배우지 않으면 안 된다는 생각을 가지고 있다. 남은 삶을 좀 더 풍요롭고 윤택하게 살고 싶은 간절함도 있어, 그동안 미루어 왔던 취미생활도 즐기고 있다.

모든 인간관계의 기저에는 순환작용이 존재하는 줄도 모르고 오래전 뒤늦게 글을 배우러 다니시던 어르신들께 주책이라고 생각했던 태도는 실수였다. 어떤 동기가 됐든, 누구든, 나이에 상관없이 자기에게 적합한 일을 찾아 배우고 실천하는 것은 대단한 용기다.

어느 날 갑자기 찾아온 일상의 변화로 글을 써 보고 싶다는 욕망을 품게 되었다. 예전 같으면 노트와 펜을 들고 책상 앞에 앉아 손가락 아프게 꼭꼭 눌러 가며 글을 써야 했을 것이다. 글쓰기 강좌를 수강하면서 다른 수강생들이 노트북을 이용해 글을 쓰는 모습을 보고 나도 요즘 추세에 맞춰 노트북 컴퓨터를 마련하고 사용 방법도 배웠다. 그런데 자판의 위치를 익히지 못해 계속 들여다보면서 집게 손가락 두 개로 간신히 글자를 입력하고 있다. 세종대왕이 한글을 창제하실 때의 작업만큼이나 진중하게 공을 들여 두 손가락으로 글자를 치며 꼬박 밤을 새우다시피 한 적도 있다. 배운 대로 익히기 위해 열심히 자판을 치다 보면 시간 가는 줄 모른다. 혼자 스스로 천천히 작업을 하다 보니 이제는 어느 정도 관리 가능한 수준으로 유지할 수 있겠다는 생각도 든다.

다방 강아지 3년이면 커피를 끓인다고, 왕초보인 나도 비록 독수리 타법이긴 하지만 속도도 눈에 띄게 향상되었다. 글을 쓰고 메일을 보내고, 사신과 동영상을 편집하면서 예전에는 생각지도 못했던 나의 능력이 보이는 것 같기도 했다. 배움을 포기하지 않았고, 또 눈에 띄는 결과를 얻어 낼 만큼 연습을 게을리하지 않은 덕분이다.

우리 연령대가 어느 것이든 새로운 분위기에 적응하기 좋을 때이다. 젊었을 때는 정한 목표를 이루기 위해 삶을 돌아볼 여유가 없었지만 이제는 개방적인 자세로 낯선 사람들과도 만나고 문화적인 생활을 즐기며 지난날을 돌아보고 성찰하는 것도 신중년의 삶에 의미를 부여하는 것이다.

예전에는 60세가 넘으면 자녀들이 환갑이다, 진갑이다 해서 잔치를 해 주고 노인 대접을 했었지만 100세 시대인 지금은 자신을 노인이라고 생각하는 60대는 없다. 자칭 타칭 '신중년'이라는 호칭을 쓰기도 한다. 몇 년 전 한 대중매체가 신중년 500명을 대상으로 한 설문조사에 따르면, 신중년들의 90%가 넘는 이들이 자신은 실제 나이보다 평균 7.3세 정도 젊다고 생각하고 있는 것으로 나타났다. 실제로 신중년들은 체력과 건강 상태도 좋으며 젊은 세대가 하는 일도 거뜬히 해내고 있다. 스마트폰과 SNS 활용에도 적극적이라 카카오톡, 밴드, 페이스북 등을 통해 친구를 만나기도 하고 주식시장 현황을 확인하고, 건강관리도 한다. 또 등산동아리나 사진동아리 등을 찾아 동호인들끼리 취미활동도 즐긴다. 인생의 가장 찬란한 시기가 지금부터가 아닌가 싶다.

글을 써도 인생의 깊이가 있는 글을 쓸 수 있을 것 같다. 전문 작가들의 글을 따라갈 수준은 안 되겠지만 몇 십 년 나의 삶과 경륜이 녹아든 글이야말로 진정 가치가 있지 않겠는가.

나는 오늘도 독수리가 날카로운 발톱으로 먹이를 사냥해서 움켜쥐듯이 내 인생의 업장과 후회, 희로애락의 낟알들을 독수리 타법으로 주워 모으고 있다. 중단하지 않는 노력은 자신을 배신하지 않을 것이라 생각하고 오늘도 독수리의 날카로운 발톱으로 움켜쥔 먹이를 떠올리며 내 인생의 알갱이 사냥을 나선다.

2

서예의 미학

필기도구가 발달하지 못했던 옛날에는 일상생활 속에서 글을 쓰려면 붓을 사용해야만 했다. 그래서 옛 선비들에게 지필묵은 떼려야 뗄 수가 없는 필수품이었다. 지금이야 만년필, 연필, 볼펜 등 편리한 필기도구가 많이 생겼을 뿐만 아니라 이제는 컴퓨터의 보급으로 필기도구도 거의 필요 없는 시대가 되었다.

오늘날에 와서 붓을 이용하여 쓰는 글은 실생활의 용도보다는 붓을 통해 나타나는 서체의 아름다움으로 예술적 감상의 대상이 되고 있다. 옛날에도 서예는 모필과 먹, 한지를 통하여 나타나는 점, 선, 획 등의 비례에 의해 글씨 자체가 독특한 조형적인 요소를 함유하고 있어 잘 쓴 글씨는 선비들 사이에서 심미의 대상으로 극찬을 받기도 했던 것이다.

내가 서예를 접하게 된 것은 2018년 초였다. 지인의 문병을 갔다가 병원 입구에서 몇몇 사람들이 모여 있어 다가가 보니 옛날 서당 훈장님처럼 수염을 길게 기른 분이 방문객들이 원하는 사자성어를 직접 붓글씨로 써서 나눠주고 계셨다. 그분의 손놀림에 따라 붓끝에서 만들어지는 글씨에 문득 홀리듯 한참을 보고 섰다가 배움을 시작하게 된 것이 서예와의 인연이다.

서예(書藝)의 한자를 풀이해 보면 書(글서) 자는 晝(낮 주)와 畫(그림 화)와 닮았다. 쓰다, 기록하다, 문자, 글씨를 뜻하는 글자 書를 기준으로 한자의 형성 원리를 보면 聿(붓 율) 자에서 발전된 것이 아닌가 생각해 보게 된다. 먼저 붓을 나타내는 聿(붓 율) 자는 붓을 손에 들고 있는 모양을 나타내며, 筆(붓필) 자로 볼 때 붓은 대나무(竹, 대나무 죽)로 만든 것임을 알 수 있다. 또 書(글 서) 자는 붓 율(聿) 자에 가로 왈(曰)을 더하여, '말하는 것을 붓으로 적은 것'을 의미하는 글자이다. 畫(그림 화) 자는 聿(붓율)과 田(밭 전)을 합한 글자로 밭에 경계를 긋는다는 의미로 그을 획(畫) 자로 쓰이다가 나중에 '그리다'의 뜻을 더하게 되었다고 한다. 또 晝(낮 주) 자는 해(日, 해 일)가 떠 있어 글(書, 글 서)을 읽을 수 있는 동안을 뜻하는 글자이다.

한편 藝(재주 예, 기예 예, 심을 예) 자는 흙(土)에 나무나 풀(艹, 풀 초)을 심고 가꾸려면 재주가 필요하다는 뜻을 가진다. 云(이를 운) 자는 원래 土(흙 토) 자였는데, 세월이 지나면서 云자로 바뀐 것이라고 한다.

붓글씨를 쓰기 시작한 지 1년이 지났지만, 아직 이렇다 할 성과를 말하기에는 글씨 수준이 부끄럽기 짝이 없다. 하지만 지난 1년 동안을 뒤돌아보면 서예의 매력은 말로 하기가 어려울 정도다. 글씨를 쓰려고 자리에 앉으면 마음이 안정되고 차분해짐을 느낄 수 있다. 세상사 잡다한 생각이 사라지는 듯하다. 이러한 현상은 아마도 붓글씨를 쓰기 위한 준비과정 때문인 듯도 하다. 먼저 말라 있는 붓을 물에 담가 적서 준 후 벼루에 물을 붓고 먹을 갈아 주어야 한다. 요즘은 먹을 갈지 않고 시중에 판매되고 있는 먹물을 이용하는 경우가 많지만 가끔 집에서 글씨를 쓸 때는 직접 먹을 갈며 정신을 집중시키기도 한다. 오래 글씨를 써 오신 분들이나 공모전에 내기 위한 작품을 준비하는 분들은 시판되는 먹물을 쓰지 않고 먹을 갈아 쓴다고 한다. 먹을 가는 기계도 나와 있어 옛날 조상들이 손으로 직접 먹을 갈던 때보다는 수월한 편이다. 먹물이 준비되면 붓을 먹물에 담가 충분히 스며들게 한다. 그리고 자세를 바르게 하고 붓끝을 뾰족하게 가다듬은 후 중봉이 되도록 잡아 획이 힘 있고 바르게 그어지도록 한다. 이러한 일련의 준비와 바른 자세를 통해야 글씨도 잘

써지고 마음 수양도 되는 것 같다.

　그런데 쓰면 쓸수록 글씨 자체는 껍데기라는 생각이 든다. 그래서 '서도(書道)인가, 서예(書藝)인가'를 생각하게 된다. 글씨를 오래 쓰신 분들 얘기를 들어 보면 우리가 '서예(書藝)'라고 하는 붓글씨를 중국에서는 '서법(書法)', 일본에서는 '서도(書道)'라고 부른다고 한다. 우리나라는 일제강점기 때 일본의 영향으로 서도라는 명칭을 사용해 왔지만, 해방 후 서예가 손재형 선생의 제안으로 '서예'라는 이름으로 자리잡게 되었다고 한다. 오랫동안 일본의 영향을 받다 보니 요즘도 서도와 서예가 혼용되어 쓰이고 있는 것 같다. 한편 서예를 업으로 하는 분들 중에는 서예, 서법, 서도, 서학의 단계를 밟아 나가는 것이 바람직하다는 이도 있다. '서예'를 다른 명칭에 비해 단순히 붓을 놀리는 기술 정도로 낮추어 생각하는 것이다.

　입문자 수준에 머물고 있는 내가 그분들의 의견에 토를 달 입장은 아니지만 명칭에 큰 의미를 부여할 필요는 없지 않을까 생각한다. 기술을 익히듯 글씨도 긴 시간 공들여 써나가다 보면 운필의 기법뿐 아니라 마음을 안정시키고 인간다움을 깨달아 득도할 수도 있고, 학문으로서의 경지에 오를 수도 있지 않겠는가.

　아무튼 중국은 모르겠으나 일본은 다도, 검도, 서도와 같이 문화 및 체육과 관련된 행위에 대해 도(道)를 붙이는 것을 좋아하는 것 같기는 하다. '서도' 글씨를 쓰는 올바른 도(道), 또는 글씨 쓰는 법을 배우고 익히는 길이라고 할까? 그리고 '다도'는 차를 마심으로써 도를 닦는 경지에 이르고, '검도', 검을 휘두르면서 마음 수양을 한다는 의미로 생각하는가 보다.

　서예를 말하면서 조선시대 대표적인 학자요 서예가이며 금석문의 대가인 추사 김정희 선생을 언급하지 않을 수 없다. 그는 왕실의 종친 가문에서 태어나 과거에 급제하는 등 젊은 시절에는 탄탄대로를 걸었으나 후일 윤상도 옥사에 연루되어 제주도로 유배되었다.

　어릴 때부터 글씨를 잘 써 사람들의 극찬을 받았으며 20세 전후에 이미 그 이름이 국내외에 날릴 정도였다고 한다. 동지사로 떠나는 부친을 따라 중국에 가서 서예의 대가인 옹방강을 만나면서 글씨의 기량과 안목이 더욱 발전하였다. 선비는 글로써 마음을 가다듬는다 했던가. 그는 제주도 유배생활을 하면서도 서법을 연구하고 발전시켜 서체에 새로운 경지를 열어 독특한 추사체를 완성하였다. 예서를 기본으로 하는 추사체는 다양한 서체를 집대성한 독특한 서체로 힘이 있고 조화되지 않는 듯하면서도 조화되는 것이 특징이다.

　서예는 그 자체의 아름다움도 있지만 글씨로 남겨진 유물로 그 시대의 문화 발현을 살펴보는 것도 중요하다고 할 수 있다. 국보 제318호로 지정된 '포항 중성리 신라비'에 새겨진 예스럽고 소박한 글씨체를 보면 1500년 전에 어떻게 돌에다 글씨를 써서 저렇게 정교하게 새겼는지 감탄스럽다. 시대를 거슬러 신라인의 글 솜씨가 대단함을 알 수 있다. 볼펜으로 종이에다 쓰라고 해도 1500년 전에 돌에다 새긴 신라인의 글씨체는 따라가지 못할 것 같다. 이와 같이 역사를 거슬러 올라가 그 시대 문화의 중심에서도 서예의 참모습을 가꾸어 나가는 사람들이 있었다는 것을 알 수 있다.

그 외 통일신라의 최치원, 고려의 탄연, 조선의 유순도 추사 김정희와 더불어 명필로 유명한 분들이다.

현재는 각종 매체와 급속한 정보화와 디지털화, 변화된 산업사회가 가져다준 물질적 풍요로 창작 여건이 나아졌지만, 오히려 순수 예술적인 면에서는 그 시대만큼은 아닌 것 같다. 어쩌면 시대가 편리해지면서 이 서예의 풍류가 사라지는 것인지도 모르겠다. 과거 통일신라시대와 중국 기풍의 서예가 부상했으나 한국 서예가 얼마나 충실한 근거를 두고 붓으로 조형성을 드러냈는지의 깨달음을 조금이나마 표현할 수 있을 때까지 나의 서예 여정은 계속될 것이다.

이제 걸음마 단계라지만 마음이 안내하는 것처럼 붓을 들면 고도의 집중력이 발휘되어 시간 가는 줄도 모르고 붓 쪽으로만 온통 정신이 가서 순간 나의 존재 자체도 모르는 상태가 된다. 종이, 붓, 먹, 벼루가 예부터 문방사우(文房四友)라고 하여 선비들의 가장 좋은 벗이며 필수품이었던 것처럼 이들과 가까이 하며 혼연일체가 되는 시간이 귀하고 고맙다. 내 인생에 문득 들어와 일 년을 함께한 이 문방사우들, 오래도록 친하게 지낼 좋은 친구가 되었다. 한평생을 서예로 마음을 닦으며 살아 온 선인들을 생각하며 나 또한 도 닦듯이 마음을 다하면 내 글도 천년의 향기를 내뿜을 수 있을까?

3

발표 불안증을 없애려면

요즘에는 학교에서 토론식 교육을 해서 그런지 초등학교 어린이들도 논리적이고 조리 있게 말을 잘 하는 것을 볼 수 있다. 그러나 그 아이들도 많은 청중들 앞에서 발표를 하라고 하면 자신 있게 나서지는 못할 것이다. 많은 사람들 앞에 나서서 발표하는 것은 생각처럼 그리 만만치는 않다. 몇몇 지인들과 이야기를 나눌 때는 청산유수처럼 막힘이 없는 사람도, 성격이 외향적이라 대인관계에 자신만만한 사람도 수많은 대중 앞이나 공식적인 자리에서 발표를 하려고 하면 긴장하게 마련이다. 이러한 증상이 심하면 대중 공포증이라는 병적 증세까지 갈 수 있지만 일반적으로는 남들 앞에서 완벽하지 못한 자신을 보이기가 두려운 발표 불안증이다.

발표 불안증은 연단에 오르기 전부터 시작되어서 말하는 동안 느끼는 일종의 공포증이다. 이러한 증상은 심리적으로 불안한 마음뿐

만 아니라 신체적으로도 다양한 증상이 나타난다. 가슴이 두근거리는 것은 물론 식은땀이 나기도 하고 얼굴이 붉어지며 입이 마르기도 한다.

　로마의 정치가이자 가장 훌륭한 웅변가이며 수사학의 혁신자로 알려진 키케로조차 연설을 시작할 때면 얼굴이 창백해지고 사지와 영혼이 덜덜 떨린다고 고백한 적이 있을 정도이다. 우리나라 유명 탐험가인 허영호 씨는 연단에 서는 것이 이렇게도 높은 줄은 꿈에도 몰랐다며, 연단에 올라 대중 앞에서 말하는 것이 에베레스트 산에 오르는 것만큼이나 두렵고 떨린다고 했다. 그런가 하면 선천적으로 웅변에 불리한 조건을 타고 났음에도 불구하고 고대 아테네 최고 웅변가가 되었던 데모스테네스도 있다. 그는 말을 더듬었으며 발음도 정확하지 못했다고 한다. 그런 결점을 극복하기 위해 그는 몇 달 동안 지하실에 틀어박혀 웅변 연습을 했으며, 입에 자갈을 문 채 말하는 연습을 하기도 했다고 한다. 그렇게 노력한 결과 데모스테네스는 수사학의 걸작이라고 일컬어지는 '왕관에 대하여'라는 연설을 남겼다. 후일 키케로는 '왕관에 대하여'에 큰 감동을 받아 이를 위한 서문을 썼다고 한다. 그렇게 모든 사람은 조금씩이라도 대중 공포증이 있으며 많은 청중 앞에서 이야기할 때 심리적으로 위축되는 것은 어쩔 수가 없다.

그렇다면 사람들은 왜 발표 불안에 시달릴까. 넓은 의미에서 보면 사람들이 가지고 있는 의식 때문이다. 가까운 사람들 앞에서는 편하게 말하다가도 많은 대중 앞에 서면 더 특별하다고 생각되거나 높은 직책의 사람들 앞에서 인정받고 싶다는 생각이 지배하기 때문이다. 평소보다 더 잘해야겠다고 인식하는 순간 몸이 굳어지고 심리적으로 위축된다. 이것을 얼마만큼 의식하느냐 아니냐의 차이일 뿐 사람들은 저마다 타인을 의식하며 산다.

그런데 연단 스피치 상황은 자기 생각과 의견을 많은 사람 앞에서 발표해야 하므로 평가나 판단으로부터 자유로울 수 없고 다른 어떤 것보다도 의식될 수밖에 없다. 특히 요즘에는 대학 입시나 취업을 위한 면접, 학교나 회사에서의 프레젠테이션 등 다른 사람 앞에서 자신의 의사를 피력하고 설득해야 하는 일이 많아진 만큼 발표 불안증을 극복하는 것은 아주 중요하다. 그렇다 보니 시중에는 스피치 잘하는 방법에 관한 책들이 많이 나와 있고, 스피치 전문 교육기

관도 생겼다. 그러나 그런 책들은 수백 수천 번을 읽어 봐야 전혀 도움이 안 된다. 아무리 뛰어난 강사의 이론적 강의를 수백 번 들어도 방법론적 방향 제시뿐이지 실제로 연단에 서서 청중들과 마주치게 되면 떨리는 불안감에서 벗어날 수 없다.

스피치 전문가들은 발표 불안증을 극복하는 방법으로 타인의 시선 무시하기, 철저한 사전 준비와 자신감 향상 등을 제시하고 있다. 내 경험으로는 내용을 준비하는 과정도 쉬운 일은 아니지만, 청중들의 시선을 한 몸에 받으면서 준비한 내용을 전달하는 것은 결코 만만한 일이 아니다.

나는 전문적으로 스피치에 대해 배운 적도 없지만 환갑을 넘긴 나이에 처음으로 통일부 주최 전국 웅변대회에 나가 문재인 대통령과 김정은 북한 국무위원장과의 정상회담에 관한 스피치로 통일부장관 대상을 수상하였다. 그리고 울산에서 열린 제헌절 기념 스피치 대회에서는 나의 경험을 토대로 준법 의식의 중요성에 대한 스피치로 법무부장관 대상을 받은 경험이 있다. 나는 이 대상을 받기까지 발표 불안증을 극복하기 위해 스스로 고안해 낸 획기적인 방법으로 치열한 연습을 하였다. 6개월이라는 짧다면 짧고 길다면 긴 내 나름의 연습과정을 공개하여 발표 불안증을 극복하고자 하는 이들과 나누고자 한다.

긴장하지 않고 자신감을 가지고 많은 대중 앞에서 당당하게 말을 잘하려면 딱 한 가지 방법밖에 없다. 할 수 있다는 용기와 꾸준한 연습이다. 일주일에 한 번이라도 연습 삼아 용기를 내어 사람들 앞에서 보는 것이다. 힘들겠지만 미친 척 10분 정도 시간을 내어 하고 싶은 이야기를 시작해 본다면 반은 성공한 것이나 마찬가지다.

나는 지금 살고 있는 진주에서 부산에 자주 갈 일이 있었다. 무궁화 열차를 타면 약 3시간 정도가 소요되는데, 발표 불안증을 극복하기 위해 그 시간을 이용하기로 했다. 열차 안에는 내가 알지 못하는 여러 승객들이 타고 있으니 스피치 훈련을 하기에는 아주 좋은 장소였다. 평소 생각해 두었던 역사, 통일, 과학, 현재 주목받고 있는 사회문제 등 시선을 끌 만한 문제를 주제로 흥미롭게 원고를 작성하였다. 너무 오래 이야기하면 지루할 터이니 3분 분량의 원고를 준비한 후, 열차를 타기 전날까지 내용을 충분히 숙지하고 외워 두었다. 그리고 열차에 탑승한 후 승객들 앞에서 잠시 양해를 구하고 외워 둔 원고를 암송하였다. 처음에는 갑자기 얼떨떨해하는 승객들을 향해 눈을 마주치니 긴장도 되었지만 원고의 내용을 떠올리며 말을 이어갔다. 떨리든, 실수해서 더듬거리든, 내용을 잠시 잊어버리든, 개의치 않고 차근차근 연설하듯이 끝낼 수 있었다. 그리고 다음 객실로 이동하여 똑같은 방법으로 몇 차례 시도해 가며 연습했다.

승객 중 일부는 고개를 돌리고 무관심한 사람도 있었지만 나를 쳐다보고는 뜻 모를 표정을 지으며 약간 심각하게 들어주는 승객들도 있었다. 때로는 객실 역무원한테 제지를 당할 때도 있었고, 열차법에 따라 하차시키겠다는 경고도 받았다. 그때 나는 오히려 역무원에게 나의 이야기를 잠시 경청할 것을 권유하기도 했다. 이러한 행동이 승객들에게 불쾌감을 주는 온당치 않은 방법이었지만 내가 정해 놓은 목표를 이루기 위해서는 어쩔 수 없었다.

이와 같은 방법으로 부산 지하철, 대구 지하철, 광주 지하철, 대전 지하철 등 기회가 되는 대로 전국을 다니며 승객들 앞에 서서 연단에 오른 연사처럼 연습을 했다. 아무래도 승객들 입장에서는 열차 안에서 예상치 못했던 연설을 들어야 하니 불편해 하는 분들도 있었을 것이다. 그러나 대부분 승객들은 조용함을 방해하는 행동임에도 아무런 제지나 불만을 나타내지 않고 넘어가 주니 고마운 마음도 들었다. 유일하게 대전 지하철역에서 젊은 여성 한 명이 전화 받는데 방해가 된다며 18 욕을 하기도 했다. 무시해 버리고 3분 이상 중단 없이 스피치를 했다.

어느 날 광주 지하철에서 통일에 관한 스피치를 할 때는 맞는 말이라며 손뼉을 쳐주는 승객도 있었고, 어느 나이 드신 분께서는 악수를 청하기까지 했다. 그때의 탄력받은 자신감은 큰 동력이 되었다. 한번은 대구 지하철 안에서 스피치를 할 때였다. 한 아주머니께서 동냥하는 사람인 줄 알았는지 지갑에서 천 원짜리 한 장을 꺼내서 건네주셨다. 나름 복장도 깨끗하게 입고 있었는데 좀 당황스러웠다.

이런 저런 에피소드가 있었지만 그렇게 열차 안에서 스피치를 생생하게 수십 차례 연습하고 부딪히다 보니 내공이 쌓이면서 자신감도 생겼다. 그러한 과정을 통해 전국 웅변대회에 출전해서 긴장감을 떨쳐내고 실수 없이 잘 해낼 수가 있었던 것이다.

스피치든 개인의 삶이든 두려운 생각을 피하지 말고 정면으로 맞닥뜨리면 못해낼 것도 없다. 실수나 실패를 사랑하면 보상이 되어 돌아온다. 7번 넘어지면 7번 일어나는 투지로 자신을 믿고 평범함을 거부하는 용기 있는 행동이 필요하다. 나는 뒤늦게 시도했던 스피치대회 준비로 앞으로의 남은 인생에서 좋은 결과를 성취하는 데 도움이 되고 참고할 만한 경험적 사실을 확인할 수 있었다.

스피치 대회 입상을 계기로 자격검정 시험에도 합격해 스피치 지도자 1급 자격증을 취득하였다. 스피치를 잘하기 위해서는 실전처럼 확실한 것은 없지만, 그래도 단체모임에서 인사말이나 대중 앞에서 사회를 볼 때 긴장감을 줄여 주고 떨리지 않게 말을 하려면 복식호흡만 잘 해도 된다. 복식호흡의 기적을 믿고 습관처럼 꾸준히 연습해 보기를 권한다.

* 복식호흡의 중요성

평소에 말을 하든지 프레젠테이션을 할 때에도 복식호흡을 하여야 한다. 그럼에도 불구하고 많은 사람들은 복식호흡을 하지 않고 흉식호흡을 하고 있다.

반드시 복식호흡을 하는 습관을 길렀을 때 스피치를 잘할 수 있다. 단전이나 뇌호흡에 대해서는 많이 들어왔고 실제로 훈련하는 사람도 많이 있을 것이다. 그리고 복식호흡을 해야 한다는 사실도 다 알고 있다. 그런데 왜 복식호흡을 해야 좋은 음성과 스피치를 잘할 수 있는지는 모르고 있다.

그 이유는 간단하다. 복식호흡이라 함은 코로 숨을 들이마셔서 입으로 뱉는 것을 말한다. 다시 말해서 공기를 들이마시는데 가슴이 아닌 배로 마신다는 것이다. 따라서 숨을 들이마셨을 때는 배가 나와야 한다. 반대로 말을 할 때는 숨을 내 쉬고 있기 때문에 배가 들어가야 한다. 이 상태를 잘 생각해 보면 많은 사람들은 반대로 하고 있을 것이다. 그리고 숨을 들이마실 때는 절대로 입을 벌려서는 안 된다. 그렇게 되면 흉식호흡으로 발전하기 십상이다. 입으로 호흡을 하게 되면 호흡 조절이 안 된다. 이 뜻은 나는 공기를 아끼고 싶은데 말하면서 막 빠져 나오는 것이다. 그래서 발음이 부정확하게 되고 소리로 제대로 제어가 되지 않는다. 그렇기에 코로 숨을 들이마셔야지만 적당량, 원하는 양만을 분출하게 된다. 그래서 소리의 크기나 강도, 자연스러움 등을 표현하게 된다. 또한 편안하게 말하게 되기 때문에 청중들이 불안하지가 않다. 호흡의 안정성이 바로 스피치의 안정을 말해 주기 때문에 그만큼 복식호흡이 중요하다는 것이다. 복식호흡은 배만을 사용하여 숨을 쉬는 것이므로 잠을 자는 사람이나 의자에 편히 앉아 숨을 쉴 때의 가장 편안한 호흡이다. 복식호흡을 계속하면 불안감과 떨림, 조바심 등이 해소된다. 따라서 간단한 연습과정을 통하여 복식 호흡을 습관화시킬 수 있다.

1. 제1단계

숨을 천천히 들이쉬고 입으로 천천히 내 뿜는다. 20회 정도 반복하는 것이 좋다. 이때 코앞에 부드러운 깃털을 갖다 대도 움직이지 않을 정도로 천천히 호흡해야 하며 내쉴 때도 천천히 내뿜는다.

2. 제2단계

숨을 코로 들이쉬고 입으로 천천히 내뿜는다.

3. 제3단계

숨을 알맞게 코로 들이쉰 다음 단전에 힘을 모으고 참을 수 있는 데까지 참는다. 처음에는 30초부터 시작하여 1분 이상까지 연습한다.

4. 제4단계

코로 숨을 들이마셔서 아랫배까지 보낸 다음 스스로 정한 짧은 문장을 가지고 표현해 본다. 이때 내쉬는 숨의 양을 일정하게 해야 한다. 그리고 강조할 단어나 내용이 있다면 양을 조절하여 강하게 하거나 빨리하거나 표현한다.

스피치를 할 때에 듣는 사람들은 발표자의 호흡과 감정 등 여러 가지 상황들을 따라가게 되어 있다. 발표자의 호흡이 거칠면 듣는 사람들도 불안함을 느끼고 편안하게 들을 수 없는 상황이 된다. 따라서 호흡이 얼마나 안정되어 있느냐에 따라 듣는 사람들도 거부 반응 없이 발표를 잘 들을 수 있는 것이다. 거기다가 발표자가 갑자기 발표를 멈추고 길게 숨을 들이마실 때에는 청중들은 두 가지 경우를 생각하게 된다. 한 가지는 발표자가 시나리오를 잊어버렸다고 생각할 수 있고 다른 한 가지는 도대체 무슨 말을 하려고 말을 멈추나 하고 생각한다. 이때에 강조의 효과를 누릴 수가 있는 것이다. 세련된 프레젠터는 적절한 복식호흡으로 듣는 사람들을 다루는 것이다.

4

대학교 평생교육원

진주는 교육도시로 알려져 있다. 인구 대비 대학의 수가 많고, 대학마다 누구나 원하는 교육을 받을 수 있는 평생교육원이 있다. 평생교육원에는 문학, 서예, 음악, 미술, 경매, 금융, 전통 다도, 노자 사상, 골프, 스포츠댄스, 외국어 등 100개가 넘는 다양한 과목의 교육 프로그램이 있어 나이나 학력, 남녀 상관없이 수강할 수가 있다. 정규 수업은 일 년에 두 학기제로 운영되는데 3월에 시작하는 봄학기와 9월에 시작하는 가을학기로 나누어서 진행하고 있으며 일주일에 한 번씩 12주에서 15주 수업을 하게 된다. 그리고 방학기간에는 여름특강과 겨울특강도 개설되므로 사실상 1년 내내 원하는 것을 배울 수 있다.

2017년부터 2020년 현재까지 약 3년 가까이 3개 대학 평생교육원에서 11개 과정(재수강 포함)을 수료했다. 과거에는 쉽게 접할 수 없었던 과목의 강의를 선택해서 공부할 수 있다는 것은 부족한 지식을 채우는 데 많은 도움이 되었다.

뭔가를 배운다는 것은 새로운 세상의 문을 열고 들어가 신세계를 경험하는 것이다. 예전에는 보고도 그냥 넘겨 버렸던 것들에서 가치를 느끼게 되었고 다른 분야에도 관심을 가질 수 있었다. 그러한 의미에서 평생교육원은 나에게 새로운 세계를 경험하게 해 준 통로이기도 하다.

그러나 평생교육원 운영에도 아쉬운 점은 있다. 수강생들이 많이 몰리는 인기 있는 과목이 있는가 하면 훌륭한 내용의 강의인데도 최소 수강인원을 채우지 못해 폐강되는 강좌도 적지 않다. 가령 경매나 골프 같은 실생활과 밀접한 강좌에는 조기 마감이 될 정도로 사람들이 몰리지만 그 이외의 많은 과목은 많아야 15명 내외로 겨우 정원이 채워지는 형편이다. 마감 때까지 수강 신청자가 10명 미만이어서 폐강되는 강좌가 절반에 달한다.

평생교육원을 운영하기 위해서 기본적인 수익이 발생해야 하기 때문에 어쩔 수 없는 현실이기는 하지만 간혹 좋은 내용의 강좌가 인원 미달로 폐강되는 것을 보면 아쉬운 마음이 들곤 한다. 어느 때는 내가 사비를 들여 여러 명의 수강료를 대납하고 폐강 위기에 있던 강좌가 열릴 수 있도록 한 적도 있었다.

한편 수강생이 몰리는 강의라고 해서 반드시 질적으로 높은 교육이 이루어지는 것은 아니다. 어떤 강좌는 평생교육원 측에서 개설하지 말았어야 하는 경우도 있다. 강사의 자질과 인성이 문제가 될 수도 있고, 수강생들이 문제가 될 수도 있다.

내가 수강한 강좌 중에서도 그러한 문제가 발생한 적이 있다. 2018년 9월경 교육대학 부설 평생교육원에서 '사교춤' 강좌를 개설하였다. 일반 사설 학원에서나 배울 수 있고 카바레나 콜라텍에서 볼 수 있는 '블루스', '지르박' 등을 교육하는 과정이었다. 예전보다는 '사교춤'에 대하여 부정적인 인식이 많이 줄어들었지만 아직까지도 그리 호의적이지는 않은데 교육대학에서 사교춤이 개설된 것은 낯선 광경이었다.

사교춤 강좌의 정원은 15명이었는데 20명도 넘는 신청자들이 등록을 했다. 처음 개설한 강좌에 그 정도의 수강생이 몰리는 것은 특이한 경우이기도 했다. 첫 시간부터 수업에 활기가 넘쳤다. 강사는 사교춤에 대한 간단한 이론에 이어 기본 스텝을 보여 주며 시범을 보였다. 다른 수강생들 중에는 초보라고는 생각할 수 없을 정도로 능숙한 동작으로 스텝을 밟는 이들이 여럿 있었다. 한눈에 보기에도 춤 솜씨가 보통이 아니었다. 나중에서야 알게 된 사실이었지만 그 사람들은 일명 '제비' 또는 '꽃뱀'이라고 불리는 프로들이었다. 이들은 사교춤을 배우기 위해 강좌를 신청한 것이 아니라 한마디로 신분을 잠시 속이고 작업 대상을 물색하기 위해 찾아온 전문 선수들이었다. 수강생 중에서 물(돈)이 될 만한 사람이 있나 탐색하러 왔다가 마땅한 대상이 없다고 판단했는지 얼마 지나지 않아 제비와 꽃뱀 등 '선수'들이 빠져

나가고 개강 후 중반쯤 가서는 9명 정도만 남게 되었다.

강사에게도 적절치 못한 언행이 있었다. 강사는 여성분으로 사교춤 분야에서 약 25년간 몸 담았던 나름 베테랑 전문가였다. 시범을 보이는 그의 스텝과 날렵한 춤 동작을 보면 저절로 박수가 나올 정도였다. 당연히 학습을 하면 할수록 사교춤의 매력에 빠지지 않을 수 없었다. 그런데 평생교육원 정규 과정에서는 '맛보기'만 보여 줄 뿐 정작 중요한 동작은 가르쳐 주지 않았다. 그 강사는 춤 세계의 오랜 경험을 바탕으로 수강생들의 마음을 심리적으로 잘 파악하고 있었다. 수업에 열심히 참여하고 사교춤에 대해 남다른 관심을 보이는 수강생에게는 노골적으로 개인교습을 권하기도 하였다. 일반인들이 배우려면 2년 이상 걸리는 수준의 춤을 6개월 정도 개인교습을 받으면 마스터할 수 있는 것은 물론 어디 가서든 춤이 되게끔 자신 있게 책임진다는 것이었다.

대부분의 수강생들은 대학교 평생교육원을 신뢰하고 부담 없는 비용으로 교육을 받을 수 있기를 기대하였다. 그러나 강사는 평생교육원 강좌에서 진심을 다해 수강생을 지도하려는 열정을 보이면서도 한편 마케팅의 수단으로 활용하고 있는 것이었다.

그러한 정황을 모르지 않았지만 나 역시 이번에는 사교춤을 제대로 배우고 싶다는 생각에 개인교습을 신청하였다. 나 스스로 이런저런 기본적인 동작에는 실력을 갖추고 있었기에 특별한 교육을 기대했다. 그런데 강사는 기계적으로 암기한 것만 계속 반복하라고 시킬 뿐 가르치려는 의무와 책임의 중요성을 별로 인식하지 못하고 있는 것 같았다. 그들 세계의 근성인지는 몰라도 이런저런 궤변만 늘어놓고는 무조건 믿고 따르면 된다는 것이다. 그 이상의 동작 기술은 전수해 주기가 아깝고 억울한지 시간만 질질 끌고 갔다.

만족스러운 학습 대신 흥미 위주로 이 여자, 저 여자들 춤 파트너로 교체시켜 주면서 각개모찌(양주 병마개 따는 여자)들처럼 이리저리 사람 간 보려는 자세들이 노골적으로 돈 냄새를 풍겨 개인교습 받는 것을 포기했다. 그동안 나름대로 지켜온 원칙이 있어 뻘짓(지저분하게 허튼짓하는 행위)은 하지 않았다. 결국은 평생교육원 강좌에서도 문제가 생겼는지 두 번 만에 블루스, 지르박이라는 그 타이틀 자체가 없어졌다. 이번만큼은 평생교육원이라는 액면을 믿고 올바른 춤 선생이기를 바랐는데 나의 5번째 사교춤 도전은 또 실패했다. 그들 세계만의 정직하지 못하고 빨대 꽂아 사람 등골 빼먹는 전통적인 유전자는 절대 변하지 않을 것 같다.

우리 지역에 다양한 교육을 받을 수 있는 평생교육원이 여럿 있다는 것은 자랑스러운 일이다. 그러나 각 대학에서 경쟁하듯이 별의별 들어보지도 못한 종목까지 100개가 넘게 병풍 치듯이 만들어 놓고선 모집에만 열중하는 것을 보면 답답한 마음이 들 때도 있다. 몇몇 상태 안 좋은 강사님들 추려 내지 못해 성실하고 수준 높은 강사님들까지 비난 받는 일 없이 모든 시민이 누구나 알찬 교양과 지식을 배워 삶에 도움이 되는 평생교육이 됐으면 하는 바람에서 그간의 경험과 느낌을 전해 본다.

5

파핑 댄스를 추는 남자

'인생은 60부터'라는 말이 있다. 그 말의 의미에 대해 주의 깊게 생각해 보지 않았다. 돌이켜보건대 그저 나이 든 노인들의 자기 위안 또는 푸념 정도로 여겼던 것 같다. 간혹 나이 지긋한 노인들이 젊은이 모이는 곳에 드나드는 걸 보면 겉으로는 드러내지 못했지만 속으로는 조금 미덥지 않다는 생각을 하기도 하였다.

지금 내가 그 나이가 되고 보니 예전에는 몰랐던 삶의 가치를 새삼 깨닫고 내 앞에 주어진 시간을 허투루 낭비하지 않고 가장 알뜰하고 값어치 있게 쓸 줄 알게 되었다. 과거에도 삶을 풍요롭게 해줄 소소한 것들을 하고 싶은 마음은 있었다. 그러나 그때는 일상의 작은 행복의 소중함보다는 거창한 것들을 쫓기에 바빴다. 뭔가 승부를 내고 성취하는 데 정신을 쏟고 골몰하느라 취미를 즐기거나 일상의 작은 재미를 생각하지 못했다. 말하자면 야망을 위해 일상은 접어둔 시간이었다.

  1980년대 중반쯤이었던 것으로 기억한다. 당시에는 가요보다 팝
송 등 외국 가수의 노래가 젊은이들에게 선풍적인 인기를 끌었다.
특히 마이클 잭슨의 인기는 대단하였다. 그의 대표적인 히트곡 '빌
리진(Billie Jean)'과 '비트 잇(Beat it)'은 지금도 그 독특한 리듬이 생
생하게 느껴질 정도이다. 노래도 좋았지만 마이클 잭슨의 춤은 전
세계 젊은이들의 인기를 모았다. 특히 뮤직비디오로 방영된 마이클
잭슨의 춤 동작 중 흔히 '문워크'로 불리는 동작이 알려지면서 학생
들을 비롯한 젊은이들이 마이클 잭슨의 춤 동작을 따라 하는 열풍
이 일었다.

  나 역시도 그때 마이클 잭슨의 춤과 노래를 담은 뮤직비디오에 큰
매력을 느꼈던 것으로 기억한다. 마이클 잭슨의 스텝을 따라해 보
기도 했다. 그러나 거기까지였다. 새로 유행하는 춤에 대해 매력을
느꼈지만 그것을 깊이 있게 배워서 내 것으로 만들어 보겠다는 의
지를 가지고 실천하지는 못했다.

  한때 청춘들을 열광시켰던 마이클 잭슨의 문워크는 그렇게 추억의
책갈피 사이로 들어가 버리고, 나는 현실을 살아가는 생활인이 되어
추억의 페이지를 들춰볼 틈도 없이 젊은 시절을 보내고 말았다.

  어느덧 열정과 패기는 다소 줄어들었지만 삶에 대한 애착과 소중
함은 더욱 커졌다고 할 수 있는 나이가 됐다. 작년인가 우연히 동영

상을 보다가 젊은 남자 흑인이 미국에서 한때 유행하였던 파핑을 추는 장면을 보게 되었다. 20대 시절에는 뮤직비디오를 보면서 흉내내는 것이 전부였지만 이제는 한번 깊이 있게 배워 보고 싶다는 생각이 들었다. 수소문하여 진주 동성동에 있는 댄스 아카데미를 찾아갔다. 학원 문을 열고 들어갈 때의 나의 기분은 오래된 추억의 사진첩을 꺼내 표지에 쌓인 먼지를 털어내고 20대 시절의 모습을 담은 사진들을 펼쳐보는 그런 기분이었다.

예상대로 댄스 아카데미의 수강생은 주로 10대와 20대 청소년들이 대부분이었다. 춤을 지도하는 강사도 20~30대였다. 한참 나이 먹어 10대, 20대들과 같이 춤을 배우자니 몸도 잘 안 따라주고 리듬을 타기도 어려웠다. 우선 기초부터 배워야 했으므로 따로 개인 코치를 받기로 하고 '파핑', '로보킹', '슬라이드', '힙합' 4가지를 배우기 시작했다. 춤을 지도하는 젊은 코치 선생도 10대, 20대들만 가르치다가 나이 든 수강생은 처음 겪어 본다면서 공들여 최선을 다해 지도해 주었다. 덕분에 기초적인 동작부터 완성되는 동작까지 3개월 만에 어느 정도 몸에 익힐 수 있었다. 그러나 동작이나 자세가 부자연스럽고 매끄럽지 못한 부분은 더 많은 연습과 노력을 해야 하겠다며 스스로 다짐을 하고는 모든 과정을 마쳤다.

파핑(Popping)은 파핀(Poppin)이라고도 부르는 춤인데 두발을 어깨 넓이로 벌리고 두 무릎을 자연스럽게 툭툭 쳐 준다는 느낌으로 음악에 맞춰 오므렸다 폈다 하면서 리듬을 탄다. 양손은 앞쪽 옆쪽으로 쭉 뻗고 손목을 기역자로 가볍게 구부렸다가 음악에 맞춰 빠르게 손을 쫙 펴 주면서 튕겨 내는 동작이다. 운동도 되고 춤도 되는 일거양득이다. '파핑'은 1970년대 미국 캘리포니아 주 프레즈노 출신의 부갈루 샘이 창안한 장르로 알려져 있다. 몸의 각 부위 근육에 빠르게 힘을 주었다가 이완시키는 팝(Pop) 기술을 토대로 이루어지기 때문에 이러한 이름이 붙었다고 한다. 파핑은 이후 부갈루 샘이 조직한 댄스팀 Electric Boogaloos의 공연 활동 등에 의해 세계적으로 알려지기 시작했다. 한국에서는 관절을 꺾는 춤이라고 여겨 '각기'라는 이름으로 불리기도 했다. 춤 동작이 마치 관절을 꺾는 것처럼 보여 그렇게 부르게 되었던 것 같다. 하지만 이는 틀린 용어일 뿐만 아니라 무리하게 관절을 꺾으면 관절 및 척추 등 몸에 심각한 부상을 입기 쉽다. 그러므로 파핑을 제대로 하려면 체계적인 교육 시스템을 통해 배워야 한다.

흔히 로보트춤으로 불리기도 하는 로보킹은 인공지능 로봇이 움직이듯 좌우로 기계처럼 느리게 움직이면서 어깨와 양쪽 팔을 주로 사용하는 동작이다. 로보킹 역시 넓은 의미로 비보이들이 추는 힙합의 한 분야로 구분되는데 파핑의 동작을 좀 더 구체화한 것이라고 할 수 있다.

힙합이라고 하면 과거 90년대 선풍적인 인기를 끌었던 아이돌 그룹 '서태지와 아이들'을 연상하면 된다. 엄밀히 말하면 서태지와 아이들이 했던 동작보다는 진일보된 동작이라고 할 수 있다. 힙합(Hiphop)은 1970년대 미국 뉴욕의 브롱스에서 유행하기 시작한 춤과 대중음악으로부터 파생된 거리문화로 시작되었다. 미국 뉴욕의 브롱스에서 아프리카계 미국인과 캐리비안 미국인, 히스패닉계 주민의 커뮤니티에서 행해지고 있었던 블록 파티에서 태어난 문화이다. 그 후 이렇게 아프리카계 미국인들의 음악, 패션, 예술 등 전반적인 삶의 양식을 조합하여 새로운 스타일을 만들어 내는 방식을 힙합이라고 호칭하기 시작하였다. 힙합의 초기에는 팝, 펑크, 레게, 소울, 재즈 등 대중음악에서 추출한 샘플링이나 프로그래밍을 중심으로 한 트랙을 녹음해서 블록파티의 즉흥적인 춤판에 사용하였다. 그러다가 음악을 틀던 DJ들이 곡의 중간 부분에 관중들을 향해 분위기를 맞추기 위해 이런 저런 말이나 후렴구 또는 미사여구들을 내뱉었는데, 그것이 차차 디제이로부터 분화되어 무대 위에서 사회를 보는 MC 또는 래퍼가 생겨났고, 그 후 랩이라는 개념이 탄생하였다.

힙합을 맛깔나게 하기 위해서는 힙합에 어울리는 옷을 입는 것이 매우 중요하다. 청바지는 너덜너덜하게 밑바닥까지 질질 끌리는 느낌을 받아야 하고 티셔츠는 특이한 문양을 노출하고 목에는 장신구를 칭칭 걸치고 취향에 맞는 모자를 쓴 후 리듬에 맞춰 가며 춤을 추어야 힙합으로서의 묘미를 느낄 수 있다. 마치 정신병원에서 금방 탈출한 사람처럼 멋대로, 그러나 자기만이 가진 일정한 형태로 춤을 추는 것이다.

슬라이드는 마이클 잭슨이 즐겨 추던 바로 '문워크' 동작을 생각하면 된다. 이를 약간 변형시켜 앞뒤 좌우로 발바닥에 동물성 기름을 바른 것처럼 몸을 매끄럽게 끌고 가는 듯한 춤사위다. 흔히 셔플댄스의 한 기법으로 구분되는데 마치 무빙워크를 타고 미끄러지듯 움직이는 동작이 특징이다.

　시간이 있을 때마다 틈틈이 연습을 한 덕에 네 가지 춤동작 실력이 제법 향상됐다. 아침 산책을 하면서도 기분 좋은 날엔 가끔 소리 낮춰 음악을 들으며 적당한 장소에서 파핑, 로보킹, 슬라이드, 힙합을 운동 삼아 해 보기도 한다. 지나가는 사람들은 나의 춤을 보고 처음 보는 동작에 신기한지 구경하기도 한다. 미소를 짓는 사람도 있지만 더러 '나잇살 먹어 미쳐도 질서정연하게 미쳐야지.' 하며 조소하는 사람들의 모션도 볼 수 있었다.

　남에게 피해를 주지 않는 한 내가 하고 싶은 일을 하지 못한다는 것은 자신에게 주어진 한 번뿐인 삶에 대해 스스로 욕되게 하는 것과 다름이 없다. 인생을 살아오면서 시도했던 무수히 많은 행동이 옳은 것이든 나쁜 것이든 크게 후회하지는 않는다. 결정을 가로막는 생각들이 싫어서 내 행위가 비난의 대상이 되든, 아니면 칭찬의 대상이 되든 내가 하고 싶은 것이 있으면 망설이지 않고 실천해 왔다.

　자신의 삶에서 가장 소중한 것을 떠올린다면 돈이나 권력 또는 명예가 아니라 자신이 해 보고 싶었던 것을 확보하려는 순간이 아닐까.

　앞으로 숨 쉬고 살날은 이미 살아온 시간보다 짧다. 살아 있는 동안 소중한 것을 하나씩 만들어 가는 삶이야말로 제2의 인생을 가치 있게 사는 최고의 길임을 잊지 않을 것이다.

6

우리 사회의 민낯(우리 사회 하면 떠오르는 것은?)

매주 한 번씩 '행복한 시민'이라는 모임에 나가고 있다. 여러 사람들이 모여 사회·교육·환경·가족·정치·역사·헌법 등의 주제를 통해 본인들의 생각이나 입장을 표현하고 토론도 한다.

2019년 10월 17일 모임에서는 '우리 사회 하면 떠오르는 것은?'이라는 주제를 가지고 각자의 견해를 들어보기로 하였다. 본인들의 생각을 적어 보고 스스로 토론하는 자리였다. 많은 내용들이 있었지만, 긍정적인 것보다는 대부분 사회의 부정적인 것이 많았다. 대충 간추려 보면 골치 아픈 입시제도, 학연·혈연 등 계급화 사회, 아름다운 강산, SKY(서울대, 고대, 연대), 따뜻한 정, 갑질, 차별화, 정치 분열, 일일 생활권, 안전한 치안, 세대 차이, 정신 개조, 서울대 음료수, 남북통일, 친일파 잔재, 이기주의, 불공정, 비교문화 등 다양한 주제로 의견 제시가 있었다.

잠깐 이 글에서 말하고자 하는 주제를 벗어나 본다면 '서울대 음료수'라는 제목에 눈길이 간다. 요약하면 서울대에서 가장 잘 팔리는, 즉 서울대생이 가장 많이 마시는 음료수에 대한 이야기였다. 그 음료수는 유독 서울대에서 팔리는 양이 많다고 하는데, 같은 기간 서울에 있는 다른 주요 대학들에서 팔리는 것과 비교하여도 2~3배가 많다는 것이다. 홍차와 우유를 섞은 밀크티의 일종으로 맛에 있어서는 개인적인 좋음과 좋지 않음으로 갈릴 수 있으니 뭐라 평가할 수는 없겠지만 카페인이 함유되어 있어 잠을 쫓을 수 있기 때문이 아닌가 싶다. 커피보다야 카페인 함유량은 낮겠지만 많이 마시면 건강에 좋지 않다는 커피를 피하고, 우유가 포함되었으니 영양가치도 있을 것이라는 심리적 위안으로 그 음료를 택하게 된 것은 아닐까. 항간에는 이 음료수를 얼마나 마시느냐에 따라 서울대 진학 여부가 결정된다는 허무맹랑한 이야기도 있다고 한다.

다시 본론으로 돌아가 그날 토론자 중 한 여성은 15년 전에 국비장학생으로 유학을 간 남편과 함께 미국에서 살다온 이였다. 영어가 짧아 현지인과 대화를 제대로 나누지 못하다 보니 역시 남편 따라 미국에 온 부인들끼리 종종 모임을 가졌다고 한다. 주로 미국 생활에서 겪는 애로사항들을 이야기하곤 했는데 그중에 한 부인이 역사 이야기를 하면서 우리 대한민국이 일본 식민지가 아니라 미국 식민지가 됐으면 영어도 잘하고 부강한 나라가 되었을 것이라는 받아들이기 어려운 말을 해서 참석자들로부터 눈총을 받았다고 한다. 아직도 일제 잔재의 억눌린 족쇄가 머릿속에서 벗어나지 못하고 있는데 국가에서 제공하는 주택, 생활비까지 혜택을 받아가면서 미국 식민지를 들먹이는 철없는 여성의 이야기를 들을 수 있었다.

국민의 세금으로 그들을 해외로 유학을 보내는 이유는 선진 문물과 학문을 배우고 돌아와 나라의 동량이 될 것을 원하기 때문이다. 애국심까지는 바라지 않더라도 자신들이 국가로부터 혜택 받은 만큼의 고마움도 느끼지 못하는 사람이었다.

다음 토론자는 사회학을 전공한 여성으로, 어릴 적 캐나다로 이민을 갔다가 그곳에서 지금의 남편을 만나 10여 년 전 한국에 돌아와 자리를 잡은 여성이었다. 처음에 귀국해 서울 강남구에 있는 아파트에서 살았는데 주변 사람들의 공통된 질문은 남편의 직업과 연봉, 아파트 평수, 골프 회원권 보유 여부, 국산차를 가지고 있느냐 아니면 외제차냐였다고 한다. 처음엔 이웃에 대한 친근한 관심이거니 하고 순수한 마음으로 궁금해하는 것들을 친절하게 대답해 주었다고 한다.

그분이 뒤늦게 깨달은 것은 그들이 정해 놓은 기준으로 경계선을 만들어 놓고 사람을 차등화하는 전략적인 계산이 있다는 것이다. 내색만 하지 않고 있을 뿐이지 강남이라는 집단적인 응집력으로 사람을 차등화하고 있었으며, 이미 다수의 대중도 이해관계로 얽혀있는 세력끼리 서로 나뉘어 있어 사람의 가치를 사회적 지위와 재산으로 평가해 계급화시키려는 것을 확인할 수 있었다고 하였다.

그러면서 캐나다의 지방도시 한 개 주보다도 작은 땅에서 지역 갈등, 갈라진 이념, 계층 간 서열화 등 이런 것에다 역량을 소진하면 우리나라의 미래가 위험하다며 우리 국민들의 의식에 혁신적 변화가 필요함을 강조했다. 그녀가 요구한 혁신적 변화의 주요 테마는 통일이었다. 통일의 중요성을 여러 차례 강조했는데, 북한과의 정치·이념적 통일뿐만 아니라 우리 사회의 분열된 국론 통일의 필요성에 대해서도 언급하였다.

사실 우리 사회는 소득 불균형에 따른 부의 격차를 새로운 신분인 양 고착화하려는 경향이 있다. 그렇게 돈의 가치를 최고의 가치로 두는 사회가 되다 보니 요즘 자주 뉴스로 보도되고 있는 '갑질' 같은 사회 문제가 불거지는 것이다. 이러한 현상이 지속되면 국론은 더욱더 분열되고 나라의 앞날은 어두울 수밖에 없다.

어릴 적 캐나다로 이민 갔던 한 여성은 고국으로 돌아와 조국의 발전과 평화통일을 염원하고 있는 반면 국민이 납세한 세금으로 유학 간 남편을 따라가서 미국의 식민지나 염원하고 있는 다른 한 여성도 있었다.

국비를 지원하며 언젠가는 돌아와 국가를 위해 봉사할 것을 바랐는데 너무나도 다른 인식의 차이였다. '염원'이나 '바람'의 수준 차이가 너무도 대조적이다. 그 유학생의 부인 같은 사람이 돌아와 또다시 새로운 계층을 형성하고 우리 사회의 왜곡된 민낯을 보여 주지나 않을까 염려된다.

7

옛날 남자, 요즘 남자

평생교육원에서 '소통'이라는 제목의 인문학 강의를 2019년 봄과 가을 두 차례에 나누어서 매주 2시간씩 24회에 걸쳐 수강하게 되었다. 강사님은 60대 초반의 여성분이었는데 강단에서 당당하게 자신의 소신과 주장을 펼치는 분이었다. 그분은 첫 시간에 인상적인 말로 자신을 소개하였다. 자신은 25년 전 남편과 일찍 사별하고 지금까지 줄곧 혼자 살고 있는데, 그것을 매우 자랑스럽게 여기고 있다는 것이다. 그러면서 자신은 요즘 남자들은 싫어하는 대신 옛날 남자들만 좋아하는데, 그래서 매일 밤 그 옛날 남자들을 가슴에 안고 잠을 잔다고 말하는 것이었다. 강사의 말을 듣던 수강생들은 옛날 남자가 누구일까 궁금한 생각에 귀를 쫑긋 세우고 다음에 이어질 말을 기다렸다. 강사는 한참 동안 뜸을 들이더니 자신이 밤마다 품에 안고 자는 남자들은 다름이 아닌 공자, 맹자, 예수, 부처 등 고대 철학자들이라고 한다. 매일 그들이 쓴 고전을 읽고 책속의 주인공들을 상상하며 그 책을 품고 잠든다고 했다. 그 말에 강의실 안은 한 바탕 웃음꽃이 피었다. 나 역시 웃음을 터뜨리며 참으로 재치 있고 유머러스한 말이라고 생각했다. 그분은 동서양을 대표하는 성현들의 다양한 책을 수십 년간 읽었고 지금도 꾸준히 눈이 아프도록 책을 본다며 고전의 반열에 오른 책에는 현대인들이 살아가는 데 필요한 지혜가 모두 담겨 있다고 강조했다.

인문학 강의는 화합, 사랑, 행복, 용서, 베풂 등 그럴듯한 주제로 매주 이어졌다. 강의에서 다루어지는 내용은 바로 그가 처음 말했던 옛날 남자들의 사상과 생각을 토대로 한 것이었다. 강의를 들을수록 고대 철학자들의 말씀을 기록한 책의 내용들을 그대로 외우고 복사해서 자기 것처럼 활용하는 강사의 능력이 매우 탁월하게 느껴졌다. 모방을 참 잘도 하는 사람이라서 강의를 듣다 보면 마치 공자, 맹자, 예수, 소크라테스가 환생하여 우리들 앞에서 이야기를 하는 것 같았다.

그 강사께서는 매번 '미워하지 말고 사랑해라', '죄 짓지 말고 선을 행하라', '시기 질투하지 마라', '거짓말하지 마라', '부자라고 행복한 것은 아니다'와 같은 말을 당부하듯 반복적으로 했다. 매번 새로운 것 없이 누구나 다 아는 당연한 말들을 앵무새 같이 되풀이하고 있었다. 그분의 입을 통해 전해지는 말들은 마치 처음 탄생시킨 언어처럼 매 수업마다 열정적이며 진지하게 그렇게도 착한 말만 하는지, 조금 과장을 섞어 말하자면 순간 하늘에서 나이 지긋하신 착한 선녀가 하강한 줄 알았다.

천국에서나 들을 법한 이야기도 들을 수 있었다. "어느 거지가 끼니거리가 없어 아침은 굶고, 점심은 운이 좋아 자비로운 사람을 만나 해결하고, 오늘 하루 저녁 식사와 춥지 않게 잠잘 수 있는 장소까지 약속을 받는다면 그 거지는 행복한 사람이며 그것이 바로 행복이다"라고. 거지 입장에서 보면 순간 요행히 하루쯤 기분 좋은 연명일 뿐인데 그게 무슨 행복이냐고 반문할 수도 있고, 성질 더러운 거지같으면 낮에 모처럼 얻어먹은 밥이 목구멍으로 다시 먹은 게 올라온다고 생각할 수도 있겠다.

강사님 자신도 혼자 한 달 생활비 30만 원으로 사는데 아무런 불편함 없이 지금의 삶에 만족한다는 것이었다. 상식적으로 여러 가지 공과금을 내고 나면 생활하기에 턱없이 부족할 텐데 그 돈으로 한 달간 불편함 없이 생활하신다니 대단한 능력자이시다.

그리고 본인의 이런 강의가 지역사회에 봉사하는 것이라는 이야기도 했다. 점점 이분의 강의를 듣다 보면 이 세상에는 불행, 슬픔, 미움, 가난도 존재하지 않으며 모든 것을 확신을 가지고 규정해 버려 모든 우주만물이 이분을 중심으로 돌고 있다는 착각을 하기도 했다. 하루하루가 빠르게 변해 가는 21세기 4차 혁명의 이 시대에 2천 년 전부터 우려먹었던 '나는 누구인가?'라는 한참 철지난 질문까지 던지니 해박한 지식의 가짓수가 너무도 다양해 여름 과일 수박 깨고 들여다보듯이 이분의 머릿속도 들여다보고 싶었다.

그분의 인맥은 국내뿐 아니라 세계적인 유명인사에 이르기까지 폭넓었다. 강의 중간중간에 세상에 이름이 널리 알려진 유명 인사들과 자신이 인연을 맺게 된 사연을 들려주기도 했는데, 그중에는 반기문 전 유엔사무총장, 전 국회의장 박희태 씨를 비롯하여 고위직 판사와의 만남도 있었다. 또 서울대 교수들 앞에서 강의를 하고 박수를 받았던 경험 등을 자랑했다. 그뿐이 아니었다. 브룩스 전 주한미군사령관 등 국제적으로 영향력이 있는 인물들을 들먹이기도 했다. 그렇게 남 이름 팔아 자신과 연결시키는 이야기를 자주 듣다 보면 나도 모르게 대부분 허풍이라는 상상의 나래가 펼쳐지면서 혼란스러웠지만 강사님의 얼굴 철판 두께에 존경심이 우러나오기도 했다.

한번은 폐강 직전의 언저리 수강생 8명 정도 겨우 앉혀 놓고 강의 시작 전 미국 하버드대학교에서 초청장이 왔는데 미국으로 무료 연수를 가느냐 마느냐 많은 고민을 하다가 여러분을 선택했다며 자신은 화려한 명성보다 지역에 봉사하는 삶에 더 큰 가치를 둔다고 하셨다. 강의 때마다 3분의 1은 본인에 관한 자랑과 성과만 끊임없이 늘어놓는 바람에 강의 내용이 주연이고 강사는 조연이 되어야 하는데, 강사가 주연이고 강의 주제는 조연이 되어 버렸다.

그런데 어느 날 사건이 터졌다. 사건의 발단은 댓글 하나에서 시작되었다. 오래전에 그 강사의 강의를 수강했던 어느 여자 대학생이 강사에 대한 글을 올린 것이다. 그 댓글에 의하면 '강사의 학력부터 모든 것이 거짓말'이라는 것이었다. 그리고 '강사의 현란한 거짓

말에 절대 속지 말라'는 내용도 포함되어 있었다. 댓글의 폭로는 계속 이어졌다. 학교뿐 아니라 조금이라도 강사하고 관련되어 있는 곳이면 여지없이 거짓에 속지 말라며 글을 달거나 전화까지 했다.

그 이후 강사님께서는 당황해하며 자신은 거짓을 말한 적이 없다고 해명을 했다. 두 사람 사이에 어떤 일이 있었는지는 정확히 알 수 없었지만 강사의 말이 평소와 달리 매우 장황하고 자기 방어적이라는 느낌을 받았다. 그 여학생이 제기한 거짓 학력 및 경력 등의 문제에 대해서도 명확히 사실을 밝히기보다는 핑계처럼 여겨지는 이런저런 말들을 되풀이하다가 결국 그 여학생의 철없는 행동이라며 모든 것을 종결지으려 하였다.

그 사건 뒤로 강의실 분위기도 어색해지고 흥을 느끼지 못했다. 더군다나 강좌의 주제가 '인간관계에서의 화합과 소통'을 잘하기 위한 과정이었고, 평소 강사님은 수업을 통해 '서로 사랑하고 상대의 마음을 헤아릴 줄 알아야 한다'는 점을 반복해서 강조하였다. 자신의 말대로라면 자기에게 강의를 들었던 대학생에게 본의건 아니건 간에 자신이 어떤 지키지 못한 약속, 거짓말이나 잘못을 저질러서 서운함과 아픔을 준 것이 없었는지 젊은 대학생을 꾸짖기 전에 스스로를 되돌아보면서 반성하는 것이 먼저였어야 했다. 그런데 귀중한 강의 시간에 한때나마 자신의 제자였던 젊은이에 대해 변명을 하고 있으니 가엾고 애처로워 보였다.

군이 학벌이 좋지 않아도, 유명인이 아니더라도 누구나 존경할 만한 모범적인 삶을 당당하게 살아가는 사람들이 많다. 문제는 거짓과 과장으로 자신을 포장하고 과시하려 했다는 점이다. 애당초 나는 그 강사님의 학벌이나 유명인과의 인연 따위에는 관심이 없었다. 만일 그 강사님이 자신을 있는 그대로 솔직히 밝히고 강의를 진행하면서 소박한 삶 속에서 언행일치를 실천하는 모습을 보였다면 지금도 존경의 마음을 가졌을 것이다.

결과적으로 당시의 경험은 나에게 사람의 진정한 가치를 어디에서 찾아야 하는지에 대해 깨닫게 해 주었다. 문득 당시 수강생 중 어느 여성분이 첫 시간에 했던 인사말이 기억난다. "나는 오랫동안 이 강의를 들었는데 강사님은 바로 나의 교주님이시다"라고. 한편 나는 그동안 이분에게 들었던 강의 내용을 떠올리다 보면 갑자기 똥이 마려워진다.

참! 그 강사님이 매일 밤 품고 주무신다는 '옛날 남자'들은 여전히 안녕하신가?

8

타격의 즐거움

일주일에 5일은 복싱체육관을 찾는다. 체육관에서 주로 하는 운동은 샌드백 치기이다. 체육관의 스피커에서 흘러나오는 다양한 음악소리에 맞춰 강약을 조절해 가면서 샌드백을 치다 보면 정신이 맑아지고 기분이 좋아진다.

평소 운동을 꾸준히 하던 사람도 나이가 들면 자연스럽게 몸의 근육들이 감소하게 되는데 샌드백 치기는 근육 손실도 막아주고 강인하고 튼튼한 몸을 만드는데 매우 효과적이다. 어떤 이들은 다소 과격한 운동이라는 이유로 꺼리는 사람도 있으나 나의 경험상 중년 이상의 연령대에 해당하는 사람에게는 부드럽게 샌드백 타격하는 것처럼 좋은 게 없다.

특히 젊은 시절 투기 종목이나 하드트레이닝 중심의 운동을 해 오던 사람들은 나이가 들수록 근육을 활용하는 운동을 하는 것이 좋다. 왕년에 운동선수로 이름을 날리던 사람들이 은퇴 이후 몸 관리를 제대로 하지 않아서 과도한 비만이 되거나 현역 시절의 몸과는 전혀 다른 모습이 되어 버리는 경우를 볼 수 있다. 물론 그 당시처럼 운동에 집중할 수는 없겠지만 그래도 기본적인 운동만큼은 계속해야만 하는 것이다.

나 역시 지금까지 운동을 꾸준히 해 오고 있다. 그중에서 샌드백 치기는 특별한 일이 없는 한 빠지지 않고 하는 편이다. 샌드백 치기는 겉으로 보기에는 단조롭고 변화가 없는 운동처럼 보이지만 직접 뛰면서 스텝과 호흡에 맞추어 강약을 조절하며 샌드백을 타격하는 것이 생각보다 쉽지는 않다. 충분한 훈련과 사전 연습을 하지 않고 운동을 하는 경우 부상을 입을 수도 있다. 초보자들이 섣불리 샌드백을 향해 주먹을 휘두르다가 손가락이나 손목 골절을 입는 경우가 종종 발생하기도 한다.

샌드백 치기의 진정한 묘미를 맛볼 수 있을 정도가 되려면 2백만 번 정도 샌드백을 두드려 보아야 한다. 자신의 호흡과 주먹을 뻗는 자세와 각도 그리고 어깨와 손목에 가해지는 힘의 적절한 분산이 이루어져야 부상을 예방할 수 있으며 또한 지치지 않고 계속 운동을 해 나갈 수가 있다.

샌드백 치기는 복싱의 기본동작 중 하나이다. 유산소운동과 무산소운동이 결합한 전신운동으로 쉬지 않고 앞뒤 좌우로 움직이는 스텝은 하체 근력을 강화한다. 어깨를 몸의 중심선을 향해 회전시키면서 팔과 어깨를 쭉 뻗는 '잽 스트레이트', 어깨 힘을 빼고 팔목이

꺾이지 않도록 팔을 일직선으로 뻗는 '원투 스트레이트', 팔을 직각으로 위로 올리는 '훅'은 팔의 군살을 제거하고 어깨 근육을 강화시켜 준다. 상체와 무릎을 약간 굽힌 상태에서 팔을 수직으로 올려치는 '어퍼컷'은 몸 중심부의 근력을 강화한다. 그리고 상체를 상하좌우로 흔들며 상대방의 펀치를 피하는 '더킹'은 복부·허리·허벅지 군살을 제거해 주며 상체의 유연성을 돕는다.

　일반적으로 중년의 나이가 되면 체력이 떨어지고 심리적으로도 위축되는 경우가 많다. 이런 사람에게는 복싱을 권해 보고 싶다. 샌드백 치기를 꾸준히 하면 나이 들어 느슨해지기 쉬운 순발력과 판단력을 끌어올릴 수 있다. 원래 샌드백 치기 운동은 복싱 선수들이 스파링을 하기 전에 몸을 풀거나 타격의 자세와 강도를 유지하기 위해 하는 훈련이었는데, 최근에는 남녀노소 누구나 약간의 훈련 과정을 거치면 할 수 있는 대중적인 운동이 되었다. 특히 여성들 사이에서 다이어트에 좋은 운동으로 알려지면서 예전에는 남성들만의 운동 장소였던 복싱 체육관이 이제는 여성들도 많이 찾는 곳이 되었다.

　방학기간 중에는 초등학생부터 중·고생, 대학생들까지 다양한 연령층의 회원들이 찾아오고 있으며 여성 회원들도 골고루 섞여 함께 운동을 하곤 한다. 이처럼 남녀노소를 불문하고 다양한 사람들이 모여 땀을 흘리며 운동에 열중하다 보면 체육관의 분위기도 활기가 넘치게 된다. 또한 같은 시간 같은 공간에서 운동을 하다 보면

회원들 간에 끈끈한 유대감이 형성되어 가족 같은 분위기가 만들어지기도 한다. 잠시 쉬는 시간에 서로의 눈높이에 맞춰 자연스럽게 대화를 해 보면 밖에서는 직접 듣거나 겪을 수 없는 요즘 신세대들의 생활이나 상황을 현실 그대로 들을 수 있어서 세대를 뛰어넘는 소통이 가능해지기도 한다.

쉬는 시간마다 가급적 젊은 친구들과 많은 대화를 하려고 하는 편이다. 그들과 이야기를 하다 보면 요즘 젊은 세대들이 어떤 문제에 대해 고민하고 있으며 그들이 관심을 가지고 있는 분야가 무엇인지를 자연스럽게 알 수 있다. 또한 나의 젊은 시절의 경험을 이야기하며 서로의 공통점을 확인할 수 있다는 점에서도 매우 유익하다. 어쩌다 손자 같은 어린 초등학생들과도 대화를 나누기도 하는데 어린 이들의 순수하고 꾸밈없는 행동을 보면 저절로 내 얼굴에 웃음이 배어 나오기도 한다. 아무런 거짓이나 꾸밈도 없이 맑은 눈동자의 순수한 얼굴로 다가와서는 고개를 쳐들고 올려다보며 자기 할아버지는 나이가 몇 살인데 할아버지 나이는 몇 살이냐고 건네는 인사는 잠시 행복감을 준다. 이렇듯 함께 땀을 흘리며 운동을 하다보면 세대 차이와 같은 장벽은 눈 녹듯이 저절로 사라져 버리고 연령이나 사회적 지위 등과는 무관하게 솔직한 이야기를 나눌 수 있어서 더욱 좋다.

복싱을 배운 지 약 1년가량 된 22세 여성 회원이 있다. 마침 운동 시간이 나와 같은 시간대여서 쉬는 시간에 서로 많은 대화를 나눌 수 있었다. 그 여성은 간호고등학교를 졸업하고 병원에 간호사로 근무했었다고 한다. 그러다가 병원 생활이 자신의 적성에 맞지 않아서 지금은 그만두고 육군 특전부대 요원인 일명 특전사 부사관에 지원하기 위해 준비 중이라고 하였다. 복싱을 배우는 이유도 평소 격렬한 운동을 좋아하기도 하지만 특전사에 지원하는 데 도움이 된다고 한다. 그 친구는 이미 중학교 때부터 유도를 했는데 현재 공인 2단의 실력을 갖추고 있으며 암벽타기와 격투기 등도 계획을 세워 배우고 싶다는 포부를 가지고 있었다. 또한 부모님과 함께 살면서 도움을 받지 않고 늦은 시간까지 알바를 하며 스스로 자기의 용돈을 마련하고 있다고 한다.

　나는 그 젊은 여성 회원을 볼 때마다 참으로 대견스럽고, 열심히 살아가는 태도가 마음에 들고 근사해 보인다. 자기 자신에 대한 흔들리지 않는 자존감을 가지고 자신이 원하는 목표를 향해 소신있게 살아가는 모습이 보기 좋다. 흔히 요즘 20대 여성들이 의존적이고 이기적이라는 말을 하지만 이 친구를 볼 때마다 스스로의 삶을 책임지고 사회를 위해 헌신할 줄 아는 생각이 맑은 청년이라는 생각을 하게 된다. 요즘 여성의 권리를 주장하는 페미니스트들이 사회적으로 목소리를 높이고 있는데 내가 보기에 진정한 페미니스트는 바로 내가 소개한 그 젊은 여성 회원과 같은 사람이 아닐까 한다. 말을 앞세우기보다는 스스로 실천하고 당당하게 자신의 미래를 개척해 나가는 그 여성이야말로 진정 여성의 권리가 무엇인지를 알고 지키는 인재라고 생각한다.

오늘도 샌드백을 타격한다. '탁, 타닥' 하고 들려오는 소리는 마치 듣기 좋은 음악처럼 활기를 넘치게 하고 손으로 전해지는 타격감은 몸 전체로 전달되어 온몸의 세포를 깨워 주는 것처럼 느낌이 좋다. 체육관에 들어설 때마다 들려오는 샌드백 타격음은 삶의 기운을 주는 소리처럼 여겨진다. 나뿐만 아니라 같은 시간에 운동하며 특전사 부사관을 꿈꾸는 22세의 그 여성 회원도 나와 비슷한 느낌을 받았을 것이다.

64세의 노인과 22세의 여성이 복싱체육관에서 함께 샌드백을 치는 장면은 그리 흔히 볼 수 있는 광경은 아닐 것이다. 상상만 해도 얼마나 멋지고 활기 넘치는 모습인가. 지금 이 순간에도 나이를 탓하며 삶의 활력을 잃어 가고 있는 사람이 있을 것이다. 나는 그런 사람들에게 이렇게 말하고 싶다.

"샌드백 두드려 보시오. 그러면 삶의 시름과 고민을 날려 버릴 수 있으며 사라졌던 근육도 되돌아올 것입니다"라고.

9

끝날 때까지 끝난 게 아니다

TV를 거의 시청하지 않는 편이지만 유일하게 즐겨보는 프로가 있다. 바로 미국 메이저 리그 야구 경기다. 국내 MBC ESPN 스포츠 채널에서는 1997년도부터 미국 메이저 리그 야구 경기를 23년째 생중계하고 있는데 우리 집 TV 채널은 바로 그 방송에 고정되어 있다고 해도 과언이 아닐 것이다.

박찬호 선수가 LA다저스 팀에 주전 투수로 활약하던 시절부터 최근에는 류현진 선수, 추신수 선수 등 한국 출신 선수들이 야구의 본고장이라고 할 수 있는 미국 메이저 리그에서 맹활약을 하고 있어서 그들이 출전하는 경기를 보는 재미도 쏠쏠하다.

한국 선수들의 활약상을 보는 것도 재미있지만 내가 야구의 매력에 푹 빠진 이유는 그것만이 아니다. 뉴욕 양키스의 유명한 포수이며 감독으로도 활약했던 요기 베라(Yogi Berra)의 말처럼 '야구는 끝날 때까지 끝난 것이 아니기' 때문이다. 마지막 아웃카운트가 전광판에 표시될 때까지 그 누구도 승패를 예측할 수가 없다는 데 그 매력이 있다.

야구는 아무리 불리한 상태에서도 마지막 순간에 기적 같이 판세를 뒤집을 수 있으며 반대로 아무리 큰 점수 차이로 앞서나가고 있다고 해도 마지막 순간까지 승리를 장담할 수 없다. 실제로 수비수한 명이 일순간의 방심으로 어이없는 실수를 하는 바람에 다 이긴 경기의 흐름이 급변하여 역전패 당하는 경우를 어렵지 않게 찾을 수 있다. 그와는 반대로 거의 지고 있었던 팀이 선수 개개인의 투지와 각오로 끝까지 경기를 포기하지 않고 최선을 다할 때 예상치 않은 행운이 따라주어 승리를 거머쥐는 경우도 있다. 객관적으로는 실력이 부족한 팀이라도 행운이 따르면 빗맞은 안타, 몸에 맞는 공, 그리고 연타석 홈런 등의 기적 같은 일이 일어나 극적으로 역전승을 얻어내는 경기도 종종 볼 수 있다. 야구는 축구처럼 시간제가 아니라 3아웃제이기 때문에, 9회말 2아웃에서도 승패가 갈릴 수가 있는 것이다.

80년대를 살았던 사람이라면 1982년 서울에서 열렸던 세계야구선수권 대회 최종 우승을 가리는 결승전을 기억할 것이다. 당시 한국은 숙적 일본을 상대로 마지막 우승을 결정하는 경기를 치렀다. 1982년은 한국의 프로야구가 처음 출범한 원년이었고 일본은 이미 오랜 프로야구의 역사를 가지고 있었던 때라 객관적인 실력에서는 비교할 수가 없었다. 말하자면 한국의 야구는 갓 태어난 신생아 수준에 불과했고 일본은 이미 성장한 청년기에 접어든 팀이라고 비유할 수 있을 정도였다. 국내 전문가들조차 그 경기를 다윗과 골리앗의 싸움이라고 예측할 정도였으니 우승은 현실이 아닌 다만 희망사항일 뿐이었다. 하지만 야구팬들은 물론 평소 야구를 즐겨보지 않았던 일반 국민들까지도 우리 선수들이 숙적 일본을 꺾고 우승을 차지했으면 하는 기대를 품고 경기를 지켜보았다.

그러나 기대와는 달리 출발이 좋지 못했다. 선발 투수로 나선 선동열은 경기가 시작되자마자 2점을 내주며 흔들렸고, 타자들은 상대 선발 투수인 스즈키의 공에 단 한 개의 안타도 기록하지 못한 채 6회까지 끌려갔다. 잠실구장을 가득 채운 관중들은 물론 TV로 중계방송을 시청하던 수많은 국민들은 답답한 마음에 숨을 죽이고 경기를 지켜볼 수밖에 없었다. 특히 국내 최고의 타자로 알려져 있던 장효조 선수마저 안타 한 번 못치고 돌아서는 장면은 그야말로 충격이었다. 7회로 접어들면서 관중석은 패배를 예감하는 분위기였다. 선수들의 표정에서도 무력감이 느껴졌다.

그런데 운명의 8회말, 그동안 목말랐던 연속 안타가 터져 나왔다. 덕분에 한 점을 얻고 1사 3루 상황에서 김재박 선수가 등장했다. 스퀴즈 번트가 예상되는 상황에서 일본 투수는 번트를 대지 못하도록 공을 멀리 던졌는데, 김재박 선수가 개구리처럼 튀어 오르면서 번트를 성공시켰고 공은 절묘하게 3루 쪽 파울선을 스치듯 구르며 동점을 만들어 냈다. 그리고 투아웃 1·2루 상황에서 5번 타자 한대화가 등장했다. 당시만 해도 한 대화 선수는 동국대 4학년에 재학 중인 학생으로 무명 선수에 불과했다.

일본의 구원투수 세키네가 투 쓰리 풀카운트에서 6구를 던졌다. 기적은 그때 일어났다. 한대화의 배트가 시원한 궤적을 그렸고, 하얀 공은 아주 높은 공중으로 치솟아 올랐다. 마음먹고 당겨 친 타구는 드넓은 잠실야구장의 왼쪽 파울라인을 따라 끝없이 뻗어나갔고, 파울라인을 공중으로 이어 세운 폴대의 상단부를 맞추고 떨어졌다. 아주 짧은 순간, 수만 명의 관중이 모인 잠실야구장에는 적막이 흘렀다. '파울인가, 홈런인가?' 몇 초가 흘렀을까, 외야 심판이 손을 들어 빙글빙글 돌렸다.

홈런이었다. 기적이 일어난 것이다. 우승 트로피를 안은 선수들은 물론 경기를 지켜보았던 온 국민들이 함께 감동의 기적을 만들어 낸 것이었다. 그 후 한대화 선수에게는 역전의 해결사라는 별명이 붙기도 했다.

이렇듯 야구는 끝날 때까지 끝난 게 아니다. 나는 인생도 야구와 같다고 생각한다. 야구와 같은 극적인 변화와 역전의 드라마가 인간의 삶에도 있다. 평소 꽤 잘나가던 사람이 앞날에도 변함없이 원하는 모든 것을 얻을 것처럼 행세하다가 지나친 욕심과 교만으로 감정을 통제하지 못하고 날뛰다 한순간에 꼬꾸라져 거지 중에 상거지로 전락해 버리기도 한다. 나 역시 한때 작은 성공에 확정된 결론처럼 도취되어 생활하다가 예상치 못한 경솔한 행동으로 도망자 신세가 되어 무료급식소 앞에서 식판 들고 줄을 서 보기도 했고, 유통 기한 지난 곰팡이 핀 빵도 털어 가면서 허기진 배를 채운 적도 있었 다.

그렇게 피해갈 수 없었던 나쁜 환경 속에서 완전한 좌절을 경험하 고 고통스러운 그 속에서 스스로 빠져나올 수 있었다. 새로운 삶을 살기로 작심하고 같은 곳에 머물러 있지 않고 좀 더 높은 곳을 향해 삶의 의미를 찾다 보니 구름 걷히고 맑은 날이 찾아오는 것처럼 다 시 일어설 수 있는 행운도 찾아와 주었다.

그리고 보면 나는 두 가지 상황 모두를 실제 경험해 본 셈이다. 잘 나가던 때에 갑작스런 몰락을 경험하였고, 더 내려갈 곳도 없는 밑 바닥 끝에서 떨어지지 않고 기회를 잡아 다시 정상으로 오를 수 있 었던 것이다. 야구에 비유하자면 승리를 앞두고 역전패를 당해 보 기도 했으며, 패배가 거의 확정된 9회 말에 기사회생으로 역전 홈런 을 날리기도 한 것이다.

미국 메이저 리그 경기를 보다 보면 한국이나 일본의 야구 경기장 에서는 거의 볼 수 없는 광경을 목격하게 된다. 타자가 친 공이 홈런 이 되어 관중석 방향으로 날아오면 공을 잡기 위해 여러 명이 경쟁 적으로 몸을 접촉하며 손을 뻗는다. 그중 어느 한 사람이 공을 차지 하게 되면 서로 미소 지으며 악수를 청하고 축하를 해 준다. 간혹 자 기가 획득한 야구공을 주변에 있던 어린아이 또는 여성들에게 양보 하는 사람도 있는데 그럴 때는 그 장면을 바라보던 관중들이 박수를 보내 준다. 미국 메이저 리그 경기에서는 흔히 볼 수 있는 장면이 지만 한국이나 일본 경기에서는 이 같은 모습은 쉽게 찾아보기 어렵다.

나에게는 이러한 행동들이 사소하게 보이지 않는다. 미국인들은 평소 여성과 어린이들을 우선 배려할 줄 아는 습관이 몸에 배어 있어 야구장 같은 장소에서도 자연스럽게 나타나는 것 같다. 남이 잘되면 함께 기뻐해 주는 문화가 오래전부터 정착되어 있었던 것이다. 그런 장면을 볼 때마다 인간적으로 정이 간다. 냉정한 승부의 현장에서도 서로 양보하는 훈훈한 마음을 느낄 수 있다는 점에서 야구의 매력은 더욱 커지는 것이다.

여하튼 우리네 인생은 야구와 많이 닮았다. 9회 말 투아웃 주자는 만루 상황, 투 스트라이크 쓰리 볼에서 투수가 던진 마지막 한 개의 공을 기다리는 타자의 심정으로 자신의 삶을 대해야 한다. 방망이를 휘둘러 그 공을 담장 너머로 넘기는 만루 홈런의 기회는 누구에게나 찾아올 수 있다. 아무리 현실이 어렵고 절망스러워도 잘 살펴보면 역전승의 기회는 누구에게나 있는 것이다. 다만 그러한 기적은 끝까지 포기하지 않고 최선을 다할 때 일어나는 결과물이다.

인생도 끝까지 살아봐야만 한다. 끝날 때까지 끝난 게 아니다.

10

인격의 가면

"신께서 흙을 빚어 최초로 인간 아담을 만들고, 혼자 외로워 보이니 배필을 만들어 주기 위해 아담이 깊이 잠든 사이 아담 갈비뼈 하나를 떼어 내 여자 이브를 만들었다."

기독교 성경 창세기 2장에 나오는 내용이다.

앞의 글에서도 밝혔듯이 나는 교회, 또는 다른 종교의 모임에 다녀 본 적이 없는 무신론자다. 그렇다고 어떤 계기나 무슨 신념이 있어 신을 믿지 않기로 결심을 한 것은 아니고 다른 사람들이 믿고 의지하는 초월적인 존재나 절대자의 존재를 인정하지 않았을 뿐이다. 굳이 절대자에게 의지하지 않아도 내 앞길은 나 스스로 개척할 수 있다고 생각했다.

성경은 전 세계에서 가장 많이 팔린 책으로 꼽히지만 가장 안 읽는 책으로도 뽑혔다고 한다. 이해하기 어려운 옛날 말로 쓰여 있을 뿐 아니라 과학적으로 수긍할 수 없는 여러 가지 사례들이 등장하기 때문이 아닐까 생각한다.

오래전 지인에게서 성경책 한 권을 선물 받았다. 별로 관심이 없어 책상 한구석에 밀쳐놓았다가 어느 날 문득 책 표지를 들춰 앞부분 몇 구절을 읽게 되었다. 그런데 흙으로 남자를 만들고, 그의 갈비뼈를 떼어내 여자를 만들었다니 내용이 너무 황당무계했다. 인류 역사상 최고의 베스트셀러라더니, 인류 최고의 사기꾼들이 만들어낸 책이라 여겨져 덮어 버렸다. 그러던 중 짧은 인생 살면서 신에 대한 지식이 없으면 그에 대해 말할 자격도 없다는 생각이 들어 한 장 한 장 어떻게 넘기다 보니 3년여 만에 성경을 2번이나 읽게 되었다.

신의 존재 여부를 떠나 혼자 힘으로는 해석하기가 어렵고 낯선 말들로 표현되어 있어 이해가 쉽지 않았지만, 성경을 보면 볼수록 어떤 사람으로 살아가야 하는지 근거가 있고 믿음을 주는 내용도 많았다. 사람이 살면서 행하는 선행과 악행, 거짓 행위에 대해 어떠한 방식으로든 상과 벌로 나타나는 결과가 내 삶과 너무도 일치되어 놀라웠다. 신이 나를 책망하는 것이 아닌가 하는 어떤 깨달음 같은 것이 느껴졌다. 하지만 그중에는 터무니없어 보이는 내용들이 있어 짚고 넘어가고 싶은 부분도 있었다.

신께서 이 세상의 모든 만물을 창조한 이후 지금까지 수많은 사람들이 살다가 갔다. 성경이 누구에 의해 쓰였든 신의 말씀으로 낱낱이 일정한 근본이 되는 이치에 의해 만들어진 것이 맞는다면 그동안 살았던 어떠한 이들도 천국이나 지옥으로 간 사람은 단 한 사람 빼고는 없다는 것이다. 유일한 그 한 사람, 부활하신 예수 외에는 없다. 그러므로 신께 회개하고 구원받으면 천국 가고 그렇지 못하면 지옥 간다는 말을 누구든 자신 있게 해서는 안 된다.

신을 믿는 사람들이 뜨겁게 믿든 적당히 믿든 진실로 마음에서 우러나오는 감정으로 성경에서 정한 계율을 엄격히 지키고 실천하는 사람은 드물다. 그들 대부분은 성경 계율을 자신들의 입장에 유리하게 해석하여 적용시킨다. 신의 말씀을 그대로 실천한다기보다는 일주일에 한 번 교회에 나가고 지도자의 말을 듣는 것으로 믿음의 의무를 다했다고 생각하며 천국에 가기를 희망한다. 인간의 논리로 신의 말씀을 왜곡하는 것이다. 목회자들 또한 자신들의 원하는 바를 성경 말씀에 얹어서 교인들을 현혹하고 있다. 해석하는 방향에 따라 여러 파로 분파되어 다투기도 하며 일부 지도자들은 현실 정치에까지 관여하며 신도들을 동원하기도 한다.

사실 그리스도인들은 가짜가 많다. 진정으로 신을 믿고 그 뜻을 따라 이웃 사랑을 실천하는 그리스도인들도 있지만, 어떤 이들은 오히려 일반인들보다 더 옹졸하고 그 감정을 오래 담아두는 사람도 있다. 그러면서 자기들끼리만 밀접한 소속감으로 똘똘 뭉친다. 성경에는 용서하기를 7번씩 70번을 하고, 원수까지도 사랑하라고 했지만 오히려 그들은 외부인의 잘못에 대해서는 용서하는 것에 인색

하다.

　내가 어떠한 감정을 가지고 그리스도인들이 그동안 줄기차게 사실처럼 말하는 천국과 지옥을 부인하는 것이 아니다. 성경을 두 번 읽어 본 나의 생각으로 그 영역은 신께서 최후에 결정할 사안이지 특별한 의미도 없이 습관적으로 교회만 다니는 목회자나 종교인들이 함부로 내뱉어서는 안 된다는 것이다. 이러한 생각은 방대한 내용의 성경을 신앙인도 아닌 일반인인 내가 호기심을 가지고 3년에 걸쳐 2번이나 읽은 후에 곰곰이 생각하고 느낀 것을 자유롭게 표현하는 것인 만큼 옳다 그르다 하는 것은 그다지 중요하지 않다.

　그 근거로 요한계시록에 빈번히 등장하는 대목을 들어본다. 요한계시록은 하느님이 핍박받는 그리스도교인들에게 신앙을 견고히 지키면 마침내 승리가 찾아올 것이라고 약속하는 미래의 예언서다.

　"거짓을 일삼는 자, 사랑을 행하지 아니하는 자, 사랑 없는 심판을 받으리라."

　이 한 구절을 단순히 감각적으로 느끼지 않고 깊이 들어가 백 번을 생각해 보면 묘한 상황으로 바뀌어 신의 정확한 뜻을 알아차릴 수 있을 것 같다. 나는 저 말씀을 조금 방향을 틀어서 이해하고 싶다. 즉 이 세상에는 진정으로 거짓을 하지 않는 자, 진심으로 남에게 사랑을 행하는 자가 없다는 것이다. 그렇지만 아직 천국으로 갈지 또는 지옥으로 갈지 분류된 자는 한 명도 없다. 신께서는 인류의 종말이 될 때 심판을 할 것이니 천국으로 갈 사람과 지옥으로 갈 사람은 세상 마지막 날에 나뉠 것이다. 그러니 그때까지 기다리라는 말씀으로, 이 시대 모든 부패한 인간들 특히 그중에 가짜 그리스도인들에게 성경이 정한 계율을 지키지 않고 행하지 않으면 사랑 없는 심판에 대해 피해갈 수 없음을 경고하는 말로 들린다. 어떻게 보면 반 공갈·협박으로도 들리기도 하지만 좋게 해석하면 거짓말 하지 말고 타인을 자기 몸처럼 진실로 사랑하라는 신의 강력한 뜻일 수 있다.

성경을 읽은 후 반성하는 자세를 잃지 않고 남은 삶에서 지침이 될 만한 교훈도 얻으며 스스로 질문도 해 보았다. 아직까지 나는 조상신을 믿고 있지만 성경을 정독함으로써 신의 존재를 깨달았다. 죄를 지으면 땅에서만 벌을 받는 것이 아니라 하늘에서도 무서운 벌이 기다리고 있을 수 있다는 것을 알게 된 것이다. 인간의 마음을 얼굴 보이듯이 밖으로 드러나게 만들지 않은 것은, 죄를 짓지 말고 사랑을 행하되 혹여 죄를 지었다면 마음속 깊이 회개하고 반성하여 하늘의 벌을 피해 가라는 경고의 말로도 들린다. 이제 나는 비록 무신론자이지만 신이 존재한다는 것은 믿는다.

"거짓을 일삼는 자, 사랑을 행하지 아니하는 자, 사랑 없는 심판을 받으리라."
다시 한 번 그 구절을 떠올리며 두 손을 가지런히 모아 본다. 저

말에서 자신 있게 벗어날 수 있는 자 얼마나 될까. 유명한 심리학자이며 정신과 의사인 칼 구스타프 융(Carl Gustav Jung)은 무의식 속의 열등한 인격과 자아의 어두운 면이 페르소나라는 인격의 가면으로 나타난다고 하였다. 이제는 모두 인격의 가면을 벗고 거짓과 위선에서 벗어나 진정한 사랑을 논하게 되기를 바란다.

11

의리는 목숨이나 마찬가지

남자들의 세계에서는 '의리'라는 말을 종종 사용하곤 한다. 그러나 그 의리가 정작 필요할 때는 쉽게 저버리는 경우도 있으며, 의리를 앞세워 잘못된 길을 걸을 수도 있다. 앞서 쓴 글 '의리와 법'에서도 얘기했지만 의리가 변질된 의미로 쓰이기도 한다.

그러나 내게는 의리로 서로 굳게 맺어진, 20년도 넘게 매우 가깝게 지내는 7살 아래인 후배가 있다. 오랫동안 그를 보아 왔지만 그는 화를 내는 경우가 한 번도 없었고, 평소 말도 잘 하지 않고 남의 이야기를 많이 들어주는 편이다. 매사 천하태평인 성격에 90㎏이 넘는 몸무게로, 그가 오는 것을 멀리서 보면 걸어오는 것이 아니라 뭔가 큰 물체가 이동하는 것처럼 보인다. 자극을 주기 위해서 곰탱이, 옛 소련 정보국비밀요원 케이지비, 돌대가리 등 별명을 지어 불러도 미소만 지을 뿐 묵묵부답이다. 조금 심했다는 마음에 그에게 별명을 지은 이유를 자세히 설명해 준다. 그러면 이해했다는 듯 씨익 웃는 것으로 생각을 대신하곤 한다.

늦게 장가를 갔지만 벌써 딸은 곧 대학생이고 늦둥이로 초등학생인 아들이 있다. 제수씨는 시대적 미인에다가 나이도 10년이나 어렸다. 천하태평에 과묵한 성격인 그가 어떻게 어리고 예쁜 신부를 얻었을까 궁금해 물어본 적이 있다. 나이 차이가 많이 나서 싫다는데도 이 곰탱이가 3년 동안을 거의 매일 그녀의 집 대문 앞까지 쫓아다니며 구애를 해서 결혼을 하게 되었다는 것이다. 우직하면서도 일편단심인 그의 뚝심이 부럽기도 하였다. 지금 와 생각하니 사랑은 끝까지 변하지 않는 것이어야 함을 다시 떠올리게 하는 에피소드이기도 하다.

그러던 제수씨가 8년 전 자궁경부암으로 어린 아이들을 남겨둔 채 이 세상과 이별을 했다. 애틋한 사랑으로 맺어진 만큼 오래도록 해로하면 좋으련만 안타깝기 그지없는 일이었다. 말없이 눈물만 흘리던 그의 모습에 뭐라 위로할 수도 없었다. 8년이 지났지만 나는 지금도 제수씨를 생각하면 마음이 편치가 않다.

내가 부산에서의 생활을 정리하고 처음 진주에 왔을 때는 무척 고딜픈 시절이었다. 후배는 내게 거처를 마련해 주고 매월 100만 원의 돈을 생활비로 보내주었다. 그때 후배의 수입이 250만 원 정도 됐는데 나에게 주고 나면 나머지 150만 원을 가지고 아내와 아이들 네 식구가 한 달을 생활해야 하는 것이다. 제수씨 입장에서는 부모형

제도 아니고 과거에 경제 활동하면서 알게 된 사이인데 계속 매달 100만 원씩 돈을 보내주고 있으니 그 일로 부부싸움도 자주 한다는 것을 알게 되었다.

나도 이거는 아니다 라는 생각으로 앞으로 페이 신경 쓰지 말라고 하면 그럴 때마다 남자끼리의 의리는 목숨이나 마찬가지라며 자신의 행동을 굽히지 않았다. 부담을 갖지 말라며 나를 끝까지 안심시키고 괜찮다고 하였다.

언젠가는 명절이 다가올 때였다. "명절 쇠러 가셔야죠." 하기에 이번에는 안 간다 했더니 다음날 봉투에 30만 원을 넣어 가지고 명절 쇠고 오라며 건네주었다. 나중에 그의 친구를 통해서 들은 이야기지만 본인 명절 쇠러 갈 돈을 나에게 주고 정작 자기는 가지 않았다는 것이다. 그러면서 이런 사실을 나에게 비밀로 해 달라고 당부까지 하더라는 것이었다. 나를 위해 자신이 포기한 것이다.

과거에 네모상자(교도소)에 있을 때도 자주 면회 오지 말라고 해도 바쁜 시간을 내어 면회를 와 책, 영치금 등을 넣어 주며 수발해 주었던 후배다. 나의 출소 날짜에 맞춰 자기 여동생에게 돈을 빌려 내가 지낼 방도 마련해 놓고 용돈도 챙겨 주었다. 정말 가족이라도 그렇게 할 수 없을 정도로 나에게 정성껏 의리를 지켜온 후배였다.

그런데 사람 앞날이란 한 치 앞도 예측할 수 없는 것이다. 후배가 민물장어 양식 일에 손을 대었다가 실패하여 많은 빚을 지게 되었다. 다행히 그 무렵 내가 하던 일이 잘 풀려 나가면서 괜찮은 수입을 끌어올릴 수 있었다. 내가 고전하고 있을 때 표시 한 번 내지 않고 당연한 것처럼 도움을 준 후배를 위해 그가 진 빚을 모두 청산해 주었다. 지금도 매달 후배의 아들과 딸 앞으로 적은 액수지만 용돈을 통장에 잊지 않고 기쁜 마음으로 보내준다.

오늘 신었던 같은 신발 내일 또 신는다고 장담할 수 없는 게 인간의 삶이다. 쓰면 뱉고, 달면 삼키는 남녀노소 인간들 많이도 겪어 보고 살았다. 잘나가고 있을 때는 감사해하며 찾아오던 사람도 일이 뜻대로 안 돼 좀 찌그러져 있으면 신발 밑바닥에 붙은 껌 떼어 버리듯 안면 바꿔 버린다. 그런 걸 보아 온 나로서는 끝까지 외면하지 않고 의리를 지켜 준 후배가 고맙다. 훗날 도시 외곽에다 서로 가까이에 통나무 전원주택 짓고 함께 인생 마무리하자고 약속도 했다.

먼저 된 것이 나중 될 수도 있고 나중 된 것이 먼저 될 수도 있다. 현재 잘 살고 있다고 해서 끝까지 잘나간다고 장담할 수도 없고, 지금 힘들다고 계속 그 상태로 있으리라고 생각해서도 안 된다. 누구에게나 인간으로 할 짓이 있고 해서는 안 되는 짓이 있다. 인간이라면 은혜도 모르고 배은망덕해서는 안 된다. 의리는 목숨이나 마찬가지다.

-end-